1

Als der Erzbischof erwachte, hatte er Durst und Magenschmerzen. Er drehte sich zur Seite, um die bitter aufsteigende Magensäure zu unterdrücken. Er musste niesen. Das Bett stöhnte unter der gewaltigen geistlichen Last. Auch der Erzbischof stöhnte und dachte dabei an den grinsenden Teufel, der ihm kurz vor dem Aufwachen in einem schlechten Traum verkündet hatte, ihn bald holen zu kommen. Und der Erzbischof hatte Angst vor diesem Teufel, denn seit einiger Zeit glaubte er ein wenig an ihn.

Die Nacht war vorüber, der Tag hatte den Erzbischof wieder, Salzburg hatte ihn wieder, Gott hatte ihn ohnehin. Er öffnete das Fenster. Es hatte zu regnen aufgehört. «Endlich», seufzte der Erzbischof, der nichts mehr hasste als tagelanges Regenwetter, das ihm seine geliebte Stadt, sein göttliches Amt, sein ganzes irdisches Dasein manchmal unerträglich machte. Seine über die Jahre gewachsene Beleibtheit trug noch zusätzlich zu seinem Unwohlsein bei. Nun war das Schlimmste überstanden, sogar der Magen hatte sich einigermaßen beruhigt, es würde wohl einige Zeit lang nicht regnen, und die bösen Träume waren weit in die Nacht hinein verdrängt.

In den zehn Jahren seiner Regierungszeit hatte der Erzbischof einiges geleistet. Er setzte sich dafür ein, dass endlich ein Bier gebraut wurde, das man seiner Meinung nach auch trinken konnte. Er gab den Auftrag, den Bau der Kirche in Mülln schnellstens zu vollenden. Auch sie sollte noch rechtzeitig in den Genuss der Spätgotik kommen, bevor es dafür zu spät war. Sein oberstes Anliegen jedoch war die Eindeckung der fünf Türme des Domes mit Bleiplatten, um ein Dahinrosten der Dächer für alle Zeiten zu unterbinden. Er wollte allerlei Reformen durchführen, um den Niedergang der kirchlichen Disziplin und die Verwahrlosung der Landpriester in seinem Erzbistum einzudämmen und rief zu diesem Zweck eine Provinzialsynode in Salzburg ein. Dabei ließ er als abschreckendes Beispiel den Pinzgauer Priester Absolon Inzinger wegen Unzucht mit Schafen und Pferden öffentlich seines Amtes entheben und des Landes verweisen. Denn irgendein für alle sichtbares Zeichen musste er setzen, um diese mehrtägige Zusammenkunft bei der Bevölkerung zu rechtfertigen. Von wichtigen und notwendigen Reformen jedoch nahm er bewusst Abstand, um nicht noch mehr auf die Missstände innerhalb der Geistlichkeit hinzuweisen. Alles in allem kannte man ihn als umsichtigen Landesfürsten, mehr Bauherr als Politiker, stets auf seinen eigenen Nachruhm bedacht. Er glaubte sogar, eine Spur gottesfürchtiger als alle seine Kollegen zu sein und hatte es nun mit einem hartnäckigen, grinsenden Teufel zu tun, der ihn jede Nacht zur selben Stunde heimsuchte.

Der dritte November 1461 war ein fleischloser Tag. Als sich der Erzbischof gegen Mittag zur Tafel setzte, fiel sein Blick auf den Biberbraten, der in einem etwas zu flüssig geratenen Gemisch aus Brühe und Sauerkraut schwamm. Der Biber war wegen seines flachen Schwanzes von den Benediktinern zum Fisch erklärt worden und konnte somit auch an den fleischlosen Tagen bedenkenlos gegessen werden. Er ärgerte sich, dass das Sauerkraut schon wieder zu weich geraten war. Dieser Koch wird es nie lernen, dachte der Erzbischof, hob den Kopf und murmelte sein Tischgebet, Herr sei unser Gast, segne deine Gaben und so weiter. Dann sah er nichts mehr. Er wurde blau im Gesicht, sein Kopf fiel vornüber in den Sauerkrautsud, sein Herzschlag setzte aus. Schlaganfall, stellte man später fest. Die Sonne wurde wieder von den Wolken verdeckt. Es begann zu regnen, von den bleiernen Kuppeln des nahen Domes hörte man das Trommeln der Tropfen.

Zwei Wochen später traten die sechs Domherren des Salzburger Domkapitels zusammen und wählten einstimmig den bisherigen Dompropst Burkhard von Weißpriach zum neuen Erzbischof. Es kam ohnehin kein anderer für dieses Amt in Frage. Das wusste auch Burkhard, dennoch gab er sich überrascht, als er von seiner Ernennung erfuhr, dankte Gott und den Domherren für diese Entscheidung und fand es richtig, dass seine über die Jahre mühsam aufgebauten politischen und gesellschaftlichen Beziehungen endlich das gewünschte Ergebnis brachten.

Burkhard von Weißpriach war ehrgeizig und ein begeisterter Sammler von Kleinodien und Reliquien aller Art. Diese Sammelleidenschaft begleitete ihn von Kind an und wurde durch seinen älteren Bruder Balthasar noch verstärkt, der dem kleinen Burkhard immer wieder das eine oder andere seiner mühsam zusammengetragenen und liebevoll umhegten Dinge wegnahm, versteckte oder sogar zerstörte. Balthasar verließ schon sehr bald den Ort ihrer gemeinsamen Kindheit, schlug die ritterliche Laufbahn ein, wurde ein Gefolgsmann des Kaisers Friedrich des Dritten und erwarb jede Menge ritterlicher Auszeichnungen. Burkhards zweiter Bruder, Siegmund, wurde kaiserlicher Rat und Pfleger auf Schloss Forchtenstein. Burkhard hätte stolz auf seine Familie sein können, die es ebenso wie er zu großartigen, wenn auch nur weltlichen Würdenträgern des Reiches gebracht hatten, wäre da nicht seine Schwester gewesen, die den Söldnerführer Jan Witowec heiratete, einen Feldhaupt-

mann der Fürsten von Cilli in der südlichen Steiermark, der mehrmals Feldzüge gegen die Salzburger Besitzungen im Osten führte.
Burkhards Familie, eine der reichsten Familien des Landes, stammte aus Weißpriach im Lungau, einer von Bergen umgebenen Gegend, die von Salzburg aus nur auf dem Weg über den Radstädter Tauern erreicht werden konnte. Burkhard kam als Sechzehnjähriger an die Universität in Wien, wo er mit einem Chorherren von Sankt Pölten, Bernhard von Rohr, studierte und mit ihm gemeinsam im Benediktinerkloster wohnte. Aus der Studienbekanntschaft entwickelte sich eine lebenslange Freundschaft und Verbundenheit. Burkhard verließ die Universität, ohne einen akademischen Grad erworben zu haben und ging nach Salzburg, in jene Stadt, wo der von ihm überaus verehrte Schädel des Heiligen Virgil, eines der Gründerheiligen der Stadt, aufbewahrt wurde. Ein Teil der Hirnschale war jedoch im Besitz der Stadtpfarrkirche Rattenberg in Tirol. So sehr sich Burkhard auch bemühte, dieses fehlende Stück zu erwerben, es gelang ihm Zeit seines Lebens nicht.
In Salzburg empfing er die Priesterweihe, wurde Mitglied des Domkapitels und begann sehr bald eine führende Rolle zu spielen. Dabei kam ihm seine Verwandtschaft zu Jan Witowec zugute, der wieder einmal die Grenzen des Erzbistums bedrohte und von Burkhard in die Schranken gewiesen werden sollte. Es gelang ihm auf dem Weg der Verhandlungen, Witowec dazu zu bewegen, künftig die Bedrohung der Besitzungen im Osten zu unterlassen. Er schaffte es letztlich sogar, ihn lebenslänglich als gehorsamen Diener an das Erzbistum zu binden. Dieser glänzende diplomatische Erfolg Burkhards sicherte seine weitere Karriere. Man sah ihn am Hof des Kaisers Friedrich des Dritten in Wien und sogar an der Seite von Papst Pius

dem Zweiten am Fürstenkongress in Mantua, der in einen regen Austausch von Kleinodien und Reliquien ausartete. Dort konnte Burkhard seine Sammlung weiter vervollständigen und einige der sammelnden Fürsten, Kardinäle und sonstigen Würdenträger für seine Sache begeistern. Denn wie er selbst waren die meisten Kongressteilnehmer nicht nur Sammler von Kleinodien und Reliquien, sondern auch Sammler von Ämtern und Würden, die erst ein frommes Leben in vollem Ausmaße ermöglichten. So ein Leben wurde durch den stattlichen Besitz von Reliquien berühmter Heiliger, die den Besitzer in Verbindung mit deren moralischer Persönlichkeit brachten, vervollständigt. Außerdem, und das war wohl der wesentlichste Grund für die Anhäufung derartiger Gegenstände, konnte man sich dadurch einen Nachlass seiner Sünden sichern. Man musste also danach trachten, Reliquien im Wert seiner gesamten Lebenszeit zu besitzen, um nach einem sündigen Leben am Tag des jüngsten Gerichts sündenfrei vor das Antlitz Gottes zu treten und sicher in das Himmelreich einzugehen. Ein Katalog, der den Grad der Sünde mit dem Wert der Reliquie im Verhältnis zu den Lebensjahren verglich, war dafür notwendig.

Erzbischof Burkhard von Weißpriach wurde Landesfürst eines an landwirtschaftlichen Nutzflächen und Bodenschätzen reichen Gebietes, das mit einigen territorialen Unterbrechungen vom Chiemsee bis in die südliche Steiermark reichte. Der Pass Lueg bildete die natürliche Grenze zwischen den beiden Landesteilen „außer Gebirg" im Norden und „inner Gebirg" im Süden. Der Großteil der Bevölkerung waren Bauern, die das Eigentum ihrer Grundherren in Eigenverantwortung bewirtschafteten und leibrechtlich an die Grundherren gebunden waren. Die Bauern bekamen den Hof auf

Lebenszeit geliehen, manche erwarben das Erbrecht und konnten ihn somit an ihre Nachkommen weitergeben. Sie mussten sich dieses Erbrecht jedoch meist erkaufen und außerdem bei jedem Besitzwechsel eine „Anlait", eine Geldabgabe von ungefähr fünf Prozent vom Wert des Gutes, bezahlen. Zwei Mal im Jahr, Ende April um Georgi und Mitte November um Martini hatten sie den Zehent, jene zehn Prozent, die auf Grund der groben Schätzungen manchmal bis zu einem Drittel ihrer erwirtschafteten Erträge ausmachten, an den Grundherren abzuliefern. Die größten Grundherren im Erzbistum Salzburg waren neben dem Erzbischof selbst das Domkapitel, der Bischof von Chiemsee, der Abt von Sankt Peter und die Äbtissin von Nonnberg, die ihre Rechte durch die von ihnen eingesetzten Amtleute wahrnehmen ließen.

Der Zehent war eine der regelmäßig fälligen Abgaben, die Viehsteuer eine andere. Sie wurde aus beliebigem Anlass für jedes vorhandene Stück Vieh festgesetzt. Dazu kamen außerordentliche Steuern wie die Weihsteuer, die nach Antritt eines neuen Erzbischofs zur Deckung der bei dieser Gelegenheit entstandenen Kosten eingehoben wurde. Dass die Bevölkerung ihrem frisch gewählten Erzbischof beste Gesundheit und ein langes Leben wünschte, war ein erfreulicher Nebeneffekt dieser Steuer. Sie wurde im Ausmaß von insgesamt fast sechstausend Gulden, einer Summe, die ungefähr dem Wert von zwanzig mittelgroßen Bauernhöfen entsprach, als Servitientaxen an die päpstliche Kammer in Rom überwiesen, als großzügige Entschädigung und als Dank für den Aufwand, den der Papst durch die Anerkennung des neuen Erzbischofs hatte. Man hätte diese Summe in aller Schlichtheit auch Kaufpreis nennen können, ohne den der Papst seine Zustimmung zur Wahl nicht gegeben hätte, denn gehandelt wurde seit jeher mit allem, so auch mit Ämtern.

Nun war mit dem Amtsantritt des neuen Erzbischofs die Weihsteuer wieder fällig.

2

An einem Abend Mitte Mai des Jahres 1462 ging Fürsterzbischof Burkhard von Weißpriach zu seinem ehemaligen Studienkollegen Bernhard von Rohr, der als sein Nachfolger zum Dompropst von Salzburg ernannt worden war, zum obersten Verwalter des Domkapitels, das nach dem Erzbischof über den größten Besitz im Land verfügte. Es war schwül und gewittrig, die Salzach führte Hochwasser. Burkhard kam unangemeldet.
«Seine Hoheit ist gerade in dringenden Geschäften, er wird dem Herrn Erzbischof jedoch sofort zur Verfügung stehen», sagte der Kämmerer und engste Vertraute des Dompropstes und machte sich auf den Weg, um den Dompropst zu holen. Burkhard befürchtete, dass sein Freund mit einer seiner Konkubinen beschäftigt war, denn Frauen waren neben einer besonderen Vorliebe für Wein dessen Hauptbeschäftigung. Das wusste nicht nur Burkhard, das wusste jeder in der Stadt. Und die Witze über Bernhards Familiennamen „von Rohr" waren eindeutig und wurden schon lange nicht mehr hinter vorgehaltener Hand erzählt. Burkhard empörte sich zwar regelmäßig über diese Leidenschaft seines Freundes, redete jedoch nicht viel darüber, um die Geistlichkeit nicht noch mehr in Verruf zu bringen. Bernhard von Rohr war nicht der einzige mit derartigen Ausschweifungen, die sich nicht verheimlichen ließen, denn für die jeweiligen Damen gab es keinen anderen Weg zu den Gemächern des Dompropstes als durch das Eingangsportal der Dompropstei. Anfangs glaubte man noch, diese Damen gingen zur Beichte, die ihnen Bernhard abnehmen wollte, doch so viele Sünden konnte ein und dieselbe Frau nicht haben. Viele Gespräche hatte Burkhard schon mit ihm über dieses Thema geführt, stets ergebnislos,

sein Freund und Studienkollege wollte auf diese Freuden des Lebens nicht verzichten. Bernhard stammte aus dem niederösterreichischen Landadel, kam zur Geistlichkeit mehr durch Zufall denn aus Interesse oder gar aus Berufung. Er fiel in das bestehende Schema der Vererbung, wonach der erste Sohn das elterliche Anwesen erbte, der zweite ein Ritter des Kaisers wurde, der dritte Geistlicher. Bernhard war wie Burkhard der jüngste von drei Brüdern.

Nun kam er langsam, fast schleichend auf seinen Erzbischof zu, ein Mann, der seine Jugend mit dem Alter vertauscht zu haben schien, grauhaarig, mit einem zerfurchten Gesicht. Man hätte glauben können, er habe nur drei Gedanken in seinem Kopf, Frauen, Wein und den ungeduldigen Wunsch, doch einmal Erzbischof von Salzburg zu werden. Dieses Mal war ihm Burkhard zuvor gekommen, aber man kannte den nicht besonders guten Gesundheitszustand des Erzbischofs.

«Wann gedenkst du, deinen Lebenswandel zu ändern?», seufzte Burkhard.

«Sobald ich Erzbischof bin, doch das wirst du wohl nicht mehr erleben.»

Solche Späße mochte Burkhard überhaupt nicht. Bernhard von Rohr lächelte: «Du regst dich unnötig auf, alter Freund. Das Gelübde der Keuschheit bedeutet doch nichts anderes als den Verzicht auf die Ehe. Also beruhige dich, denn heiraten ist in der Lebensplanung von uns geistlichen Herren ohnehin nicht vorgesehen. Aber du bist sicher nicht gekommen, um mit mir über die Ehe zu reden.»

«Es handelt sich um die Finanzen. Ich will den Dom ausbauen, in Mülln ein Stift errichten und Landsknechte ausrüsten.» Burkhard holte Luft. «Mach doch ein Fenster auf! Man erstickt ja hier drin!»

«Bitte nicht», fiel ihm Bernhard ins Wort, «ich spüre schon seit Tagen ein leichtes Stechen in der Brust, und wir wollen lieber nichts riskieren, wo ich doch noch so viel vorhabe im Leben.»
«Dann», fuhr der Erzbischof fort, «möchte ich dem Kloster Sankt Peter die Reliquien des Bischofs Vitalis für unseren Dom abkaufen. Das alles wird natürlich einiges kosten.»

Selten kennen sich Menschen so gut wie zwei Freunde, die die Jahre zwischen Jugend und Mannsein, zwischen Lehrzeit und Aufbruch miteinander verbracht und die Träume von Glück und Erfolg geteilt haben. Nach so einer Zeit bleibt kein Wesenszug, kein Wunsch und kein Fehler des einen vor dem anderen verborgen.
«Willst du etwa die Weihsteuer erhöhen?», grinste Bernhard. Er war sich klar, dass derartige Entscheidungen nicht vom Erzbischof allein gefällt werden konnten, dass eine so außergewöhnliche Sache ohne entsprechende Unterstützung nur mit Mühe, wenn überhaupt gelingen würde. Der Dompropst konnte dabei nicht umgangen werden, außerdem stand er in überaus freundschaftlicher Verbindung zum Bischof von Chiemsee, den man als mächtigsten Gefolgsmann des Erzbischofs bei Fragen von Steuererhöhungen unbedingt auf seiner Seite haben musste. Und auch die Zustimmung der Äbtissin von Nonnberg als einer der einflussreichsten Frauen des Landes würde auf Grund von Bernhards guten Beziehungen zu ihr leichter zu erbringen sein.
«Ja», antwortete Burkhard.
«Dazu brauchst du die Einwilligung der Domherrn, das Wohlwollen der Geistlichkeit des ganzen Landes und so weiter.»
«Ich weiß», sagte Burkhard.
Bernhard von Rohr dachte kurz nach und sah dabei aus

dem Fenster. «Ich denke, ich kann dir helfen. Schließlich geschieht es für unser aller Wohl. Die Unterstützung des Bischofs von Chiemsee ist mir sicher, und die Äbtissin von Nonnberg vertraut mir blind.»
«Ich war mir sicher, dass mich mein alter Freund nicht im Stich lassen würde.» Er wollte gehen, denn er war als Mann schneller Entschlüsse bekannt.
«Moment, Burkhard. Ich bitte dich, einen kurzen Blick aus dem Fenster zu werfen.»
Burkhard verstand zwar nicht, was der Dompropst damit bezweckte, blickte aber trotzdem hinaus.
«Was siehst du?»
«Das aufgelassene Kloster der Domfrauen», antwortete Burkhard.
Dieses einzige in der Stadt gelegene Nonnenkloster wurde von Burkhards Vorgänger wegen sinkender Mitgliederzahl geschlossen und fand seither keine Verwendung mehr. Die noch verbleibenden Nonnen hatte man im Kloster auf dem Nonnberg untergebracht.
Bernhard wurde plötzlich sehr gefühlvoll, fast wehmütig: «Ich denke mir jedes Mal, wenn ich dort hinaus sehe, dass dieses leerstehende Gebäude doch ein geeigneter Ort wäre, um einen Teil meiner Dienerschaft unterzubringen.» Dabei wischte er sich beiläufig mit dem Handrücken über den Mund. «Ich kann doch mit deiner höchsten fürsterzbischöflichen Unterstützung rechnen?»
Burkhard war klar, dass der Dompropst den weiblichen Teil seiner Dienerschaft meinte und das Haus seinen Konkubinen zur Verfügung stellen wollte. Die könnte er durch den seit vielen Jahren bestehenden unterirdischen Gang, der von der erzbischöflichen Residenz aus, vorbei am Haus des Dompropstes auch unter das ehemalige Gebäude der Domfrauen führte, ungesehen erreichen. Wie jeder hier kannte auch er diesen verdeckten Gang,

der von einem seiner Vorgänger als Fluchtweg angelegt worden und zum Teil schon verfallen war. Niemals würde er den fleischlichen Frevel seines Freundes unterstützen können, andererseits jedoch wäre die ganze Affäre unter die Erde verlegt und nicht mehr so offensichtlich wie bisher. Er brauchte den Dompropst, um seine Wünsche bei den Domherren in der Stadt, bei den Grundherren auf dem Land und bei der Bevölkerung durchzusetzen. Bernhard hatte leider die natürliche Gabe, Abhängigkeiten zu schaffen, und manche Herren des Domkapitels befolgten seine Anweisungen eher als die des Erzbischofs, auch wenn sie es nie zugeben würden. Und dann gab es noch die Äbtissin von Nonnberg und den Bischof von Chiemsee.

Vor kurzem hatte man Burkhard von Weißpriach das seltene Angebot gemacht, ein Stück des Heiligen Holzkreuzes des Jesus Christus zu erwerben. Damit wäre er der einzige Geistliche nördlich der Alpen, der so einen Gegenstand besitzt. Da es ihm jedoch an Geld fehlte und da dieser Holzsplitter natürlich einiges kosten würde, dachte er daran, die Kosten durch einen Teil der von ihm erhöhten Weihsteuer auszugleichen.

«Einverstanden», sagte plötzlich der Mann schneller Entschlüsse, verabschiedete sich von seinem Dompropst und ging in die Stadt hinaus. Den unterirdischen Gang wird man renovieren müssen, dachte er, das wird auch wieder einiges kosten.

Bernhard von Rohr feierte seinen Sieg mit einem Glas besonderen Weines. Die einvernehmliche Lösung eines seiner vorrangig anstehenden Probleme zeichnete sich ab. Er wusste, dass Politik seit jeher nichts anderes war als ein Tauschgeschäft. Eine Erhöhung der Weihsteuer, dachte er, hat es noch nie gegeben, noch dazu in neuer Münze, das wird hart.

Kaiser Friedrich der Dritte und die Herzöge von Bayern hatten vor einigen Jahren die Idee, nur Münzen mit geringem Silbergehalt zu prägen, um ihre durch die andauernden Kriege leer gewordenen Staatskassen wieder aufzufüllen. Erzbischof Burkhards Vorgänger folgte notgedrungen dem Beispiel des Kaisers, um ein Abwandern seiner Münzen ins Ausland zu verhindern. Wurden bisher aus einem Pfund Silber zweihundertvierzig Pfennige geschlagen, so waren es nun an die tausend Stück, die mit minderwertigem Metall durchsetzt waren und von der Bevölkerung „schwarze Münzen" oder „Schinderlinge" genannt wurden. Das Geld war wertlos, die Preise stiegen, der Handel kam in Mitleidenschaft, das ganze Land wurde von einer ungeheuren Teuerung erfasst. Als der Kaiser schließlich erkannte, dass die Münzverschlechterung keinen Gewinn, sondern eine wirtschaftliche Katastrophe gebracht hatte, kehrte man wieder zur Prägung einer voll silberhaltigen Münze zurück. Im Umlauf blieben jedoch die schwarzen Münzen, von denen jetzt drei Pfennige in einen Pfennig der neuen Silbermünzen umgewechselt werden mussten. Keiner wollte die alten Münzen haben, doch man hatte nichts anderes. Und die Kassen blieben leer.

3

Vor dem Stall des Daucherlehens auf dem Pichl in Sankt Veit lag ein scharf geschliffenes Messer, das dem Lungauer Sauschneider Leonhard Pfeiffenberger gehörte. Pfeiffenberger zog von Bauernhof zu Bauernhof, kastrierte dort Hengste und Stiere, um sie ruhiger und fügsamer für die Arbeit zu machen. Die Kastration von Schweinen diente dazu, sie leichter Fett ansetzen zu lassen. Heute war er beim Daucher in Sankt Veit. Mit der Familie Daucher verband ihn eine besondere Freundschaft und Dankbarkeit, seit er seinerzeit die gebärende Daucherin gerettet hatte, indem er es wagte, am Bauch der Frau einen Schnitt mit dem Messer durchzuführen, um das in Steißlage befindliche Kind aus dem Leib zu schneiden. Auch nach tagelangem Bemühen wollte es auf dem herkömmlichen Weg nicht zur Welt kommen. Für Pfeiffenberger war es der Versuch, die Wege des Todes zu durchkreuzen. Er hatte schon von dieser Möglichkeit der Geburt gehört. Der Eingriff glückte, die Daucherin und der nunmehr fast neunzehnjährige Hans Daucher verdankten diesem Lungauer mit der weißen Feder auf dem breiten Hut ihr Leben. Die medizinische Tat des Leonhard Pfeiffenberger wurde damals auf den Bauernhöfen und in den Wirtshäusern als Sensation gefeiert, in aller Heimlichkeit, denn der Sauschneider hätte deswegen von der kirchlichen Obrigkeit leicht in die Nähe von Hexerei und Umgang mit dem Teufel gerückt werden können. Und darauf stand die Todesstrafe. Doch nichts davon gelangte zu den Behörden. Die Daucherin bekam keine weiteren Kinder und Leonhard Pfeiffenberger stand nie wieder in der Verlegenheit, einer gebärenden Frau mit dem Messer zu helfen.

Nun war Hans Daucher neben seinem Vater, seinem um zwei Jahre älteren Bruder Kaspar und dem Knecht, der selbst nicht wusste, wie alt er war, einer jener Männer, die einen Stier mit zusammengebundenen Hufen am Boden hielten, damit der Sauschneider seine Arbeit verrichten konnte. Daneben stand die Daucherin mit einer Schüssel, um darin das Blut des Tieres aufzufangen. Der Stier brüllte, schlug mit dem Kopf um sich und versuchte verzweifelt aufzustehen. Leonhard Pfeiffenberger griff zum Messer, suchte mit der anderen Hand die Stelle, wo sich die Keimdrüsen des Tieres befanden, und mit ein paar Schnitten wurde aus dem Stier ein Ochse. Die Umstehenden waren immer wieder erstaunt, wie schnell und sicher das alles geschah und wie wenig Blut dabei verspritzt wurde.
Daucher blickte Pfeiffenberger dankbar an. «Wenn du damals nicht vorbei gekommen wärst», sagte er.
«Immer wieder die alten Geschichten», murmelte Pfeiffenberger und schlug dem neben ihm sitzenden Hans freundschaftlich auf die Schulter. Kaspar würde als ältester Sohn einmal den Bauernhof erben, und Hans würde eine Bäuerin heiraten müssen, um Bauer zu bleiben. Sein Vater hatte bereits eine Braut für ihn vorgesehen, doch die Vroni vom Einödbauern gefiel ihm überhaupt nicht. Außerdem kreisten seine Gedanken schon seit einiger Zeit um Elisabeth Feiersinger, Wirtstochter vom Goldenen Kreuz in Sankt Johann, wo er sich in letzter Zeit immer öfter blicken ließ.
«Ich glaub, wir kriegen Besuch», sagte Kaspar.

Von Sankt Veit herauf näherten sich drei Reiter. Einer von ihnen trug einen Schild über dem linken Unterarm, von weitem konnte man das Wappenbild erkennen. Es war der aus einer goldenen Krone aufsteigende weiße

Drachenkopf auf rotem Hintergrund, das Wappen des Bodo von Schernberg.
«Das hat nichts Gutes zu bedeuten», sagte Daucher.

Bodo von Schernberg, dessen Schloss sich in sichtbarer Nähe zum Daucherlehen befand, war erzbischöflicher Pfleger, dem die Verwaltung, die Gerichtsbarkeit und die Aufrechterhaltung der Ordnung in der Gegend um Sankt Johann, Sankt Veit und Goldegg unterstand. Er war es auch, auf dessen Hilfe sich die Amtleute, die für die Eintreibung der Abgaben und Steuern im Auftrag des Grundherren zu sorgen hatten, stützen konnten, wenn sich deren Begleichung als schwierig erwies. Und der Grundherr der Familie Daucher, Besitzer des Daucherlehens, war der Erzbischof selbst, vertreten durch seinen Vasallen Bodo von Schernberg.
Jeder in der Gegend kannte die Vorfälle, die sich vor knapp einem Jahr auf dem Brandlehen zwischen Sankt Veit und Goldegg ereignet hatten, wo nicht nur die Dürre des vergangenen Jahres, sondern auch noch ein Murenabgang die gesamte Ernte und die für Notzeiten angelegten Vorräte vernichtet hatten. Und jeder in der Gegend wusste, dass der Murenabgang durch von Schernberg angeordnete Holzschlägerungen oberhalb des Bauernhofes verursacht worden war. Das gefällte Holz wurde nach Hallein geliefert, um dort in der Saline die Sudpfannen zu beheizen. Als der zuständige Amtmann auf dem Brandlehen die Viehsteuer eintreiben wollte, fand er im Stall und auf den Weiden kein einziges Stück Vieh mehr. Die meisten Tiere waren auf Grund der Dürre verendet, die zwei letzten Kühe mussten verkauft werden, damit die Familie ihren Lebensunterhalt vorübergehend decken und Saatgut für das kommende Jahr besorgen konnte. Der Amtmann musste unverrichteter

Dinge wieder abziehen. Am nächsten Tag erschien Bodo von Schernberg auf dem Brandlehen, zwang den Bauern gemeinsam mit seiner Frau und den beiden Töchtern, alle im Garten und auf den Wiesen vorhandenen Schnecken einzusammeln. Schließlich handelte es sich hier um einen erzbischöflichen Zuchtbetrieb, wie er immer wieder betonte. Umgeben von zwei Landsknechten sah er dem Treiben im Garten zu, machte sich an die Töchter des Bauern heran und steckte ihnen wie ein boshafter Lausbub Schnecken in die Öffnungen ihrer Kleider. Danach nahm er den Korb mit den Schnecken, zählte die glitschigen Klumpen und setzte davon ausgehend eine Viehsteuer für Kleinsttiere fest, die mit einem Teil des für das Saatgut aufbewahrten Geldes bezahlt werden musste. Dann warf er die Schnecken in den Garten und schrie: «Nächstes Jahr kommt ihr mir nicht mehr so billig davon!» Jeder wusste, was er damit meinte, denn die ältere Tochter des Bauern würde nächstes Jahr aus dem Mädchenalter herausgewachsen sein, zumindest für Bodo von Schernberg.

Schernberg lenkte sein Pferd in die Runde der abwartenden Männer. «Bauern sind wie Insekten», sagte er zu einem seiner beiden Landsknechte, «wenn man einen von denen zerdrückt, fällt gar nicht auf, dass er fehlt.» Der Landsknecht lachte, obwohl er nicht genau verstand, was damit gemeint war.

Der Daucher war der erste, der vom Boden aufstand: «Gott mit Euch, Herr von Schernberg.»

Schernberg hasste den Daucher, der vor zehn Jahren während eines Wettbewerbs im Fingerhakeln auf dem Marktplatz in Sankt Johann seinen rechten Mittelfinger so unglücklich gefasst hatte, dass er ihn beinahe von der Hand riss. Seither spürte er besonders beim Schwingen

seines Schwertes oft große Schmerzen im Finger, der nun, von einigen Sehnen notdürftig gehalten, lose von der Hand herabhing und für nichts mehr zu gebrauchen war. «Wir haben einen neuen Landesherrn!» Schernberg grinste. «Die Weihsteuer ist fällig.»
Die Daucherin ging ins Haus und kam mit einem kleinen ledernen Beutel, in dem sich einige abgezählte Münzen befanden, zurück. Daucher nahm ihr den Beutel ab und gab ihn Schernberg. «Da, dreißig Pfennige!» Mit diesem Betrag rechnete Daucher ungefähr, damit rechneten auch die anderen Bauern, deren Höfe einen ähnlichen Wert wie das Daucherlehen hatten. Daucher hatte bereits nach dem Tod des alten Erzbischofs Woche für Woche einige Pfennige für die zu erwartende Weihsteuer beiseite gelegt.
«Das war einmal», lächelte Schernberg, «es ist alles teurer geworden. Unsere fürsterzbischöfliche Gnaden sieht sich gezwungen, die Weihsteuer geringfügig anzuheben. Das macht für das Daucherlehen», er schloss kurz die Augen und tat, als würde er rechnen, «das macht also ziemlich genau einhundertundfünfzig Pfennige.»
Daucher wurde bleich im Gesicht: «Mehr als ein halber Gulden! Das gibt's nicht.»
«Ob dreißig, vierzig oder hundert Pfennige, was macht das schon. Es gehört sowieso alles hier dem Erzbischof. Was tätet ihr denn ohne ihn?» Schernberg nahm den Lederbeutel, warf ihn ein paar Mal in die Luft, öffnete ihn und leerte ihn aus. Dann beugte er sich von seinem Pferd zu Daucher hinab und zog ihn mit Daumen und Zeigefinger am Ohr, während sein Mittelfinger unbrauchbar daneben her hing.
«Außerdem», grinste er, «außerdem zahlen wir wieder in neuem Geld, in guten neuen Silberpfennigen. Anscheinend hat sich das bis zum Daucherlehen noch nicht

durchgesprochen. Denn das hier ...» Er schrie und machte dabei mit seinen viereinhalb Fingern eine schnelle Bewegung zu den am Boden liegenden Münzen: «Das hier sind schwarze Münzen! Schinderlinge!»
Daucher starrte regungslos zu Boden und sagte: «Das geht ja nie im Leben.»
Schernberg begann wieder zu grinsen: «Alles geht. Wir werden dich so lang im Turm einsperren, bis von deiner Familie alles bezahlt ist.»
«Hat das unser Herr Erzbischof so angeschafft?»
«Ein Schernberg weiß selber genau, was er zu tun hat. Abführen!»
Hans Daucher dachte an seine Mutter, wenn sie ihm an den Winterabenden von seinen älteren Geschwistern erzählte, die alle bis auf Kaspar vor dem Erreichen des sechsten Lebensjahres gestorben waren, gestorben an Krankheit und Hunger, am alltäglichen Unglück, an einer Gegenwart, die keine Zukunft erlaubte.
Die beiden Landsknechte stiegen von ihren Pferden, um den alten Daucher festzunehmen. In diesem Augenblick rannte Hans Daucher auf Schernbergs Pferd zu und riss den überraschten Reiter zu Boden. Er fiel mit dem Rücken auf die Schüssel, in der sich noch das Blut des kastrierten Stieres befand, rollte zur Seite, zog sein Schwert und wollte soeben auf den Sohn des Bauern einschlagen, als sich der Vater dazwischen warf. Das Schwert durchbohrte ihn unterhalb des Kehlkopfes. Ein Schwall Blut spritzte aus seinem Hals, er röchelte, dann lag er zitternd am Boden. Schernberg streifte sich den Staub von seinem Wams, stieg auf sein Pferd, gab den Landsknechten Zeichen aufzusitzen und ritt mit ihnen davon.
Die Daucherin rannte zu ihrem sterbenden Mann und begann leise zu beten. Das Blut floss noch immer aus ihm

heraus. Kaspar kniete sich neben seiner Mutter nieder. Der alte Knecht ging, um irgendeine Arbeit zu tun. Er kannte nichts als seine Arbeit, die ihm das Recht auf ein Leben gab, von dem er nichts erwartete. Hans Daucher beugte sich kurz über seinen Vater und lief weg.

Pfeiffenberger schrie ihm nach: «Hans, bleib da! Wart auf mich!» Er packte seine Ausrüstung zusammen und sagte zur Daucherin: «Man kann doch den Buben nicht allein gehen lassen. Wer weiß, was dem noch einfällt.» Dann folgte er Hans Daucher in ein Land hinein, dessen Himmel sich gerade violett färbte. Über dem Tennengebirge hingen graue Wolken. Der Sommer nahm seinen verspäteten Anfang.

4

Das Gasthaus zum Goldenen Kreuz in Sankt Johann war ein Wirtshaus. Darauf wies der Wirt Alois Feiersinger bei jeder sich bietenden Gelegenheit hin, wenn er sagte, dass in einem Gasthaus der Gast das Sagen habe, im Wirtshaus hingegen der Wirt. Den Gästen hing das schon lang zum Hals heraus, aber Feiersinger ließ es sich nicht nehmen, diesen Spruch, den er einmal von einem durchziehenden Hausierer gehört hatte, regelmäßig von sich zu geben. Und da er hier das Sagen hatte, duldete er keinen Widerspruch. Gern hätte Feiersinger ein paar neue Gäste mit dieser, wie er meinte, umfassenden Lebensweisheit bekannt gemacht, doch neue Gäste kamen selten ins Goldene Kreuz. Zu Mittag traf man dort einige Geschäftsleute beim Essen, abends füllte sich die Wirtsstube mit den ortsbekannten Stammgästen. Man trank Bier und spielte Karten. Am Sonntag nach dem Kirchgang jedoch war Hochbetrieb, dann trafen sich die Männer aus der Gegend und besprachen die Neuigkeiten, die ihnen der Pfarrer von der Kanzel in der Kirche nebenan verkündet hatte.

Elisabeth Feiersinger, die Tochter des Wirts, arbeitete als Kellnerin in der Wirtsstube, während ihre Mutter in der Küche mit dem Zubereiten des Essens beschäftigt war. Manchmal kam die Mutter spät am Abend aus der Küche, eine Frau mit harten Händen. Elisabeth war im Wirtshaus aufgewachsen, sie kannte die Sprüche und die Gewohnheiten der Gäste und fand nichts Außergewöhnliches mehr an ihren derben Späßen. Sie war sechzehn Jahre alt und hatte schon viel von der Welt gesehen, auch wenn sich diese Welt nur zwischen den feuchten Wänden des Wirtshauses zum Goldenen Kreuz in Sankt Johann abspielte. Sie hatte zwei jüngere Brüder, von

denen einer nach dem Tod des Vaters das Wirtshaus übernehmen würde. Und wehe, wenn der aus dem Wirtshaus ein Gasthaus macht, dann wird Feiersinger persönlich aus dem Grab herausspringen und für Ordnung sorgen. Damit drohte er seinen ratlosen Söhnen immer wieder. Gedanken machte er sich auch um seine Tochter, sie sollte es einmal besser haben im Leben, sie sollte einmal einen heiraten, der ihr etwas zu bieten hatte, einen, bei dem sie es nicht nötig hatte, sich von früh bis spät abzurackern, einen feinen Herrn und nicht einen von diesen Hungerleidern, wie sie täglich ins Wirtshaus kamen. Das wünschte er sich für seine Tochter, und dafür würde er sorgen, wenn die Zeit gekommen war.
Es roch nach altem Käse, in den sich der leichte Geruch von frisch gegerbtem Leder mischte.
«Sauerei!», schimpfte Sepp Schernthaner, der in Sankt Johann eine Mühle hatte. Jeder, der ihn hören konnte, wusste, dass Schernthaner die kürzlich erhöhte Weihsteuer meinte. Man sprach schon seit Tagen von fast nichts anderem. Die Weihsteuer betraf nicht nur die Bauern, die die Höfe ihrer Grundherren bewirtschafteten, sondern auch die Bürger in den Dörfern und Märkten des Landes.
«Wir sollen zahlen, und die hohen Herrn machen sich ein schönes Leben», mischte sich der Marktschreiber Mausrieml ein und spielte siegessicher das Trumpf-As aus. «Der Weißpriacher kommt nie und nimmer in den Himmel.»
«Einen Erzbischof holt sowieso immer der Teufel», sagte Schernthaner, und Franz Kaltenegger fügte hinzu: «Wenn einer geholt wird, kommt der nächste. Die sterben nie aus. Und wir müssen zahlen, damit sie am Leben bleiben.» Er sammelte die Karten ein, setzte auf einer selbst

gebastelten Zählmaschine, wo kleine bunte Holzkugeln auf Drahtstiften aufgefädelt und von einem Holzgerüst umrahmt waren, drei Kugeln nach links, mischte die Karten und verteilte sie neu.
«Diese Steuer bringt uns alle um.» Der Grabenbauer war so in seine Gedanken versunken, dass er zunächst vergaß, die Karten aufzuheben.

In einer Ecke der Wirtsstube saß Ulrich Dienstl allein an einem Tisch. Er war Besitzer einer Gerberei unten am „Grinn". So bezeichnete man den künstlich angelegten Wasserlauf im Gewerbegebiet von Sankt Johann, der die Aufgabe hatte, die dort ansässigen Betriebe wie Mühlen, Sägewerke, Färbereien und Gerbereien mit Wasser zu versorgen und eine geregelte Ableitung der Abwässer zu gewährleisten. Elisabeth fragte ihn, was mit ihm los sei, was ihn denn gar so sehr bedrücke, warum er denn heute sein Maul gar nicht aufbringe. Ulrich Dienstl blieb stumm und hatte nur den einen Gedanken, nämlich hier im Wirtshaus seine restlichen Gedanken zu betäuben. Er hatte keine Familie mehr, seit seine Frau vor vier Jahren während der Geburt seines Sohnes gemeinsam mit dem Kind gestorben war. Seine Gerberei lief ganz gut, er konnte in anfänglichem Wohlstand davon leben und dachte sogar schon an mehr. Er stand in Geschäftsbeziehungen zu Salzburger Geschäftsleuten, die von ihm Felle und Leder erwarben. Dieser Handel funktionierte ausgezeichnet und machte aus Dienstls Gerberei langsam einen gewinnbringenden Betrieb. Nun jedoch war alles anders. Als man auch im Erzbistum Salzburg eine mit schlechtem Metall durchsetzte Silbermünze einführte, ließ sich Dienstl, bevor er noch die Tragweite dieser Maßnahme verstand, von einigen Geschäftsleuten eine Menge von Leder und Fellen für das minderwertige Geld abkaufen. Er arbeitete Tag und Nacht, um die plötzlich in großer Menge geforderten Waren schnell zu liefern und machte Schulden. Nun stand er da, ohne Ware, mit Schulden und mit den schwarzen Schinderlingen, die im Verhältnis eins zu drei in die neuen Silberpfennige umgetauscht werden mussten. Der Kaufwert jedoch war derselbe geblieben, was früher zehn Pfennige wert war, das war auch jetzt zehn Pfennige wert, mit dem Unterschied, dass er nun dreißig Stück seiner alten schwarzen Pfennige dafür bezahlen musste. Auch seine Lieferanten, Jäger und Pelzhändler, wollten nun von Dienstl mit dem neuen Geld bezahlt werden. Besondere Sorge bereitete ihm der Arsenikhändler, der aus dem fürsterzbischöflichen Bergwerk bei Rotgülden im Lungau eine Menge Hüttrauch an Dienstl geliefert hatte, das er für die Enthaarung der Felle und für ihre Weiterverarbeitung zu Leder benötigte. Dienstl verwendete zwar nach wie vor das von seinem Vater überlieferte Rezept einer Beize, die aus aufgelöstem Kalk und Asche in Trögen bereitet wurde, um die Felle zu enthaaren, ließ sich aber wegen der gesteigerten Nachfrage auf die schnellere, dafür kostspieligere Methode durch Hüttrauch überreden. Der Arsenikhändler, der ihm anfangs jeden gewünschten Kredit gewährte, forderte nun sein Geld und hatte ihm sogar mit dem Schuldturm gedroht. Wenn Dienstl gewusst hätte, dass die hohe Politik schon bald wieder zu einer neuen Münze zurückkehren würde, hätte er das alte minderwertige Geld von den Geschäftsleuten niemals angenommen oder seine Preise dementsprechend in die Höhe geschraubt. Das jedoch wussten anscheinend nur die Salzburger Geschäftemacher, die während dieser Zeit so viele Waren wie möglich für billiges Geld eingekauft hatten und sie jetzt für teures Geld weiter verkauften.

Plötzlich öffnete sich die Tür zur Wirtsstube. Hans Daucher stand da und sagte: «Der Schernberg hat meinen Vater erschlagen!» Dann sank er ohnmächtig zu Boden. Wenig später lag sein Kopf im Schoß von Elisabeth, die sich um den Hingefallenen kümmerte. Als Hans Daucher erwachte, fiel sein Blick auf das Gesicht des Sauschneiders Leonhard Pfeiffenberger, der kurz nach ihm in die Wirtsstube gekommen war. «Hab mir gleich gedacht», sagte Pfeiffenberger, «dass ich dich da herinnen find.»

5

Drei Tage später wurde der alte Daucher zu Grabe getragen. Am Vorabend zog seine Familie mit dem aufgebahrten Bauern durch den Stall des Hofes, damit sich nach altem Brauch auch sein Vieh von ihm verabschieden konnte. Nun stand auf dem Friedhof der Abschied von den Menschen bevor. Der Auftritt Hans Dauchers im Wirtshaus zum Goldenen Kreuz hatte zur Folge, dass einige Leute auch aus Sankt Johann und Umgebung nach Sankt Veit hinauf zum Begräbnis kamen. Elisabeth Feiersinger hatte sich ihr Sonntagskleid angezogen, ein grobes Leinengewand, um ihre Schultern lag ein helles Tuch, nicht viel feiner als ihr Kleid.

Der Trauerzug zog unter dem Wappen des Heiligen Vitus, der einst in einem Kessel mit siedendem Öl sein Ende fand, aus der Dorfkirche zum offenen Grab. Allen voran schritt der Pfarrer Hohensinn mit seinen Ministranten, zwei Knaben aus dem Ort, dahinter wurde der Leichenladen, ein breites Brett, auf dem der in Tücher gehüllte Leichnam mit Schnüren fest angebunden war, von vier Männern getragen. Dauchers Witwe folgte, von ihren Söhnen Kaspar und Hans gestützt. Der Pfarrer Hohensinn murmelte die für diesen Anlass vorgesehenen Gebete und schwang dabei ein Weihrauchgefäß an einer Messingkette hin und her. Die beiden Ministranten hatten vom Rauch leicht gerötete Augen, verzogen aber keine Miene und gingen stumm und mit gefalteten Händen daneben her. Dann ließ man den Toten mit den Füßen voran in die Grube rutschen. Der Totengräber spielte auf einem blechernen, verbogenen Horn die Töne eines Trauermarsches, den er sich vor Jahren selbst beigebracht hatte. Es klang so traurig, dass man denken mochte, es würde in diesem Leben niemals wieder zu

regnen aufhören, obwohl an diesem Tag die Sonne schien.
«Johann Daucher wurde aus unserer Mitte gerissen und in das unendliche Reich unseres gütigen, allmächtigen Herrn abberufen», begann der Pfarrer seine Rede. «Auch er wird nach einem schweren und leidgeprüften Leben endlich seine ewige Ruhe finden. Wir kennen ihn als ein braves, gehorsames Lamm unserer Gemeinschaft, als einen arbeitsamen und getreuen Untertan unseres hochehrwürdigsten Landesvaters, der ihn ebenso liebt wie er alle seine ihm anvertrauten Kinder liebt.»
Bis hierher unterschied sich die Leichenrede wenig von den üblichen Reden für die Verstorbenen. Man kannte das alles schon und stellte sich auf den üblichen Singsang ein, der nun normalerweise folgte, als Hohensinn plötzlich einen ungewohnten Ton in seine Stimme legte. Sie wurde lauter, härter und bissiger.
«Johann Daucher ist tot, er könnte noch leben. Warum ist er tot? War er krank? Nein! Er war bei bester Gesundheit. Hat er sich etwas zu Schulden kommen lassen? Nein! Er hat immer treu und redlich unserem Herrn gedient.» Hohensinn wurde rot im Gesicht, seine Hände wirbelten in zackigen Bewegungen leicht hin und her. «Johann Daucher wurde ermordet», schrie Hohensinn, «und sein Mörder ist unter uns!» Er deutete auf Hans Daucher. «Johann Daucher wurde ermordet, von seinem eigenen Sohn ermordet, von einem Aufwiegler, der unseren Pfleger Bodo von Schernberg an der Ausübung seiner Pflicht hindern wollte. Durch eine Fügung des Herrn ist die Strafe unmittelbar daher gekommen, doch der Himmel hat den Falschen gestraft!»
«Du lügst!», schrie Hans Daucher. «Der Pfarrer lügt!» Er ging am offenen Grab seines Vaters vorbei und wollte sich auf Hohensinn stürzen, doch Elisabeth Feiersinger hielt ihn zurück. Er riss sich von ihr los, stolperte über

die am Boden liegende Schaufel und rutschte geradewegs in die Grube zu seinem toten Vater, den er, so hatte es den Anschein, ein letztes Mal umarmte. Während er sich langsam wieder aufrichtete und nach oben kletterte, zischte ihm Hohensinn entgegen: «Auch du, Johann Daucher, wirst deiner Strafe nicht entgehen, der irdischen nicht und der Strafe des Allmächtigen schon gar nicht.» Erhobenen Hauptes ging er in die Kirche.
Hans Daucher wischte sich die Erde von der Kleidung. Fast schämte er sich über seine Ungeschicklichkeit. Elisabeth sah ihn nicht an. Viele blickten zu Boden. Da schrie der Einödbauer: «Der Schernberg war's!»
Jeder der Anwesenden wusste, dass Bodo von Schernberg der Mörder des alten Daucher war. Doch war nicht zu erwarten, dass sich Schernberg als oberster Richter des Gebietes, in dessen Machtbereich Sankt Veit und das Daucherlehen lagen, selber anklagen würde. Er würde die ganze Angelegenheit auf sich beruhen lassen und so tun, als hätte es den Vorfall auf dem Daucherlehen nie gegeben.
Ohne je diese Absicht gehabt zu haben, erhob Ulrich Dienstl die Stimme, von deren Lautstärke und Deutlichkeit er selbst am meisten überrascht war: «Wir sind nicht her gekommen, um die Ruhe der Toten zu stören. Heben wir uns den Zorn für später auf. Treffen wir uns morgen am Abend in Sankt Johann im Goldenen Kreuz.»

Es wurde still auf dem Sankt Veiter Friedhof. Man verstand und ging. Kaspar Daucher schaufelte mit dem alten Knecht das Grab seines Vaters zu. Danach nahm er das Leichenbrett und nagelte es auf dem Weg zum Daucherlehen waagrecht an einen Heustadel, um die Vorbeigehenden an den Verstorbenen zu erinnern. So war es Brauch. Ein leichter Wind kam auf und wehte die

Blätter von den Birken, die hinter der Friedhofsmauer standen. Viel zu früh verloren in diesem Jahr einige Bäume ihre Blätter.
Am Ende des Tages hatte das Daucherlehen noch einen Besuch. Es war Bodo von Schernberg, der, begleitet von seinen beiden Landsknechten, kurz nach Sonnenuntergang an die Tür des Bauernhauses pochte.

Die Wirtsstube zum Goldenen Kreuz war noch nie so voll wie an diesem Abend. Das Licht der Kerzen und Öllampen ging in der dicken Luft des niedrigen Raumes fast völlig unter. Elisabeth trug bis zu zehn volle Krüge auf einmal zu den Tischen, stellte sie dort ab und ließ die Gäste zugreifen. Ihr Vater hatte ihr mehrmals eingeschärft, entgegen sonstiger Gewohnheit heute sofort nach der Bedienung zu kassieren, denn bei dieser Menschenmenge wäre es durchaus möglich, dass der eine oder andere unbemerkt verschwinde, ohne bezahlt zu haben. Außerdem wisse man nicht, wie dieser Abend enden würde, immerhin gebe es in der aufgeheizten Stimmung genügend Feuerwerk, das die Leute auf ihre Pflicht zu bezahlen vergessen ließe.
Die Stube war zum Bersten voll, die Luft zum Schneiden dick. «Der Dienstl soll anfangen!», rief der Einödbauer. Ulrich Dienstl stand auf: «Ich bin ein einfacher Gerbermeister und mache meine Arbeit, so gut ich kann. Wir alle wollen nichts anderes, als leben und die andern neben uns leben lassen. Doch man erlaubt es uns nicht! Man erfindet alles Mögliche, um uns das Leben schwer zu machen, Münzen, die nichts wert sind, ein Gericht, das uns kein Recht gibt, neue Steuern und Abgaben, die uns umbringen. Warum lassen wir uns das gefallen?»
«Weil das schon immer so gewesen ist!», rief einer. «Weil wir nicht anders können!» murmelte ein anderer.

Schernthaner stand auf: «Wir sind Menschen, warum leben wir wie die Viecher?» Ulrich Dienstl bat um Ruhe und fuhr fort: «Die hohen Herren sind auch nur Menschen wie wir, sie kommen nackt auf die Welt und müssen irgendwann wieder mit nichts von der Welt davon. Wer gibt ihnen das Recht, mit uns umzuspringen, wie es ihnen passt? Liebt unser Gott die andern mehr als uns? Hat unser Gott die Welt für die da oben gemacht oder für uns alle? Hat unser Gott das Wild im Wald für die da oben gemacht, damit sie es jagen können, oder für uns alle, damit wir was zu essen haben?»
An der anderen Seite der Stube stand nun der Sauschneider Leonhard Pfeiffenberger auf und begann langsam zu sprechen: «Ihr wisst alle ganz genau, was mit einem passiert, der beim Wildern erwischt wird?»
«Aufhängen tun sie ihn!»
«Das wäre ein zu schöner Tod», sagte Pfeiffenberger, «nein, so gerecht stirbt es sich nicht bei uns. Der Erzbischof hat sich was Besonderes für einen Wilderer ausgedacht. Er lässt ihn nach Salzburg bringen, dort wird er in eine Hirschhaut eingenäht und den Hunden vorgeworfen, die ihn vor den Augen der geistlichen Herrn zerfleischen.»
Davon hatte man noch nie etwas gehört. Es wurde plötzlich sehr still. Eine Frau begann zu weinen.
«Man sollte ihnen das Maul mit Mist stopfen, dass sie nur mehr durch das Arschloch schnaufen können», sagte der Grabenbauer. Ein Knecht stand auf und murmelte kaum hörbar, dass der Schernberg auf das Brandlehen gekommen sei, die Weihsteuer gefordert habe und, weil der Bauer sie nicht zahlen konnte, seine ältere Tochter, wie er es schon vor einem Jahr angedeutet hatte, aus dem Haus in den Wald zerrte. Seither sitzt der Bauer stumm in der Stube und starrt vor sich hin. Seine

Tochter rennt wie wahnsinnig im Wald herum und reißt sich die Haare einzeln aus. Der Knecht sank zurück auf die Bank und kaute, wie es seine Gewohnheit war, unaufhörlich vor sich hin, ohne etwas in seinem Mund zu haben.
«Auch bei uns hat der Schernberg vorbei geschaut, gestern nach dem Begräbnis», sagte nun Hans Daucher. «Er wird sich das Besthaupt holen, wenn im Herbst die Viecher wieder von der Alm herunten sind.» Mehr sagte er nicht. Jeder wusste über das Recht des Grundherren Bescheid, der beim Tod eines Bauern das beste Stück Vieh des Hofes als eine Art Todfallsabgabe für sich beanspruchte. Diese Abgabe war nach dem Tod des alten Daucher fällig, und Schernberg erfüllte das, was er für seine Pflicht hielt.

Ulrich Dienstl wusste, dass er von nun an nur mehr gewinnen konnte. Seine Enttäuschung über die bankrotte Gerberei, über den Verlust seines Geldes und seine plötzlich wertlos gewordene Existenz ließ ihn über sich hinauswachsen: «Wer braucht sie denn überhaupt, diese Erzbischöfe und ihre Schernbergs? Sie brauchen uns und unsere Arbeit, damit sie in ihren Burgen nicht verhungern und erfrieren, denn ohne uns sind sie gar nichts. Wir aber können ohne sie genauso leben. Sie sollen verflucht sein, sie sollen verschwinden, sie sollen ...» Dienstl machte eine Pause. «Sie sollen brennen!»
«Schernberg soll brennen!», rief Daucher aus der Menge und stellte sich neben Dienstl. «Schernberg soll brennen!», riefen nun mehrere gleichzeitig und drängten sich, angeführt von Ulrich Dienstl und Hans Daucher, aus dem Haus.
Alois Feiersinger blieb, wo er war und freute sich über seinen Weitblick, heute die Zeche schon im Voraus kas-

siert zu haben. Denn in dieser allgemeinen Aufruhrstimmung hätte keiner mehr bezahlt. Und er bemerkte nicht, dass auch seine Tochter Elisabeth mit Dienstl, Daucher und den anderen ins Freie gegangen war.

6

In diesen Sommernächten versuchte man, so viel wie möglich von der warmen Luft in sich aufzunehmen, um genügend Reserven zu haben, den darauf folgenden Winter zu überstehen. In diesen Nächten fanden sich die Knechte und Mägde der Bauernhöfe, denen auf Grund ihres Standes die Ehe verboten war, heimlich auf den Wiesen zusammen. In diesen Nächten hatte man sogar das Gefühl, der Sommer könnte nie zu Ende gehen, die Erde würde sich für immer mit ihren Bewohnern verbünden und sie vor der kalten Zeit beschützen.

Auf ihrem Zug von Sankt Veit zum Schloss Schernberg nahmen sie mit, was sie brauchen konnten, Messer und Hacken, Tücher und Seile, Sensen und Pickel. Dienstl schickte ein paar Männer voraus, die rund um das Schloss jene abfangen sollten, die der Meinung waren, den Pfleger und seine Gefolgschaft vor den anrückenden Bauern warnen zu müssen. Dienstl und Daucher nahmen Elisabeth in die Mitte. Sie fühlte sich in ihrer jugendlichen Leichtigkeit manchmal wie auf dem Weg zu einem entfernten Dorffest. Alles erschien ihr wie ein gefährliches Spiel. In die Gedanken der zu allem Entschlossenen schlich sich die Sehnsucht nach einem besseren Leben, das nicht mehr, wie es der Pfarrer jeden Sonntag predigte, erst im Jenseits möglich wäre, sondern hier zwischen den Grenzen des Landes, auf dem Boden ihrer Erde. Hans Daucher dachte immer wieder an Rache, wenn er nicht gerade Elisabeth aus seinem Leben erzählte, von dem er bislang gar nicht wusste, dass es so viel zu erzählen gab. Elisabeth hörte ihm gern zu. Ulrich Dienstl dachte an seine elende finanzielle Lage und an die Geschäftemacher, die seinen Betrieb in den Ruin

gestürzt hatten. Vor allem aber dachte er daran, die Wut der Bauern vereint nach Schernberg zu tragen.
Nach etwas mehr als einer Stunde lag auf einem Hügel Schloss Schernberg vor ihnen, ein viereckiger Turm mit dazugehörigen Wohngebäuden, umgeben von ein paar Mauern. Nun sollten diese Mauern brennen und Bodo von Schernberg der Gerechtigkeit ausliefern. Es würde nicht schwer sein, das schlecht befestigte Schloss einzunehmen, außerdem stand die Überraschung auf der Seite der Aufständischen. Keiner im Schloss rechnete damit, dass weit weg von den Landesgrenzen etwas passieren könnte, dass hier mitten in der Sicherheit der landesfürstlichen Gewalt ein zu allem entschlossener Feind entstehen könnte, dass sich die Bevölkerung gegen ihre eigenen Herren erheben würde. Man hatte zwar schon von Aufständen gehört, irgendwo in Frankreich, doch das war weit weg. Die wahre Gefahr drohte immer aus dem Südosten, von den Türken, die versuchten, die heiligen Reiche der Christenheit zu erobern.
Ulrich Dienstl ließ seine Leute in einem Wald oberhalb des Schlosses lagern, ordnete an, aus Haselnussstauden Bogen und Pfeile herzustellen und ihre Spitzen mit in Pech getränkten Lumpen zu umwickeln. Das Pech wurde von Dauchers Hof herangeschafft. Ein Fichtenstamm aus Dauchers Scheune sollte als Rammbock dienen. Ulrich Dienstl kannte die Kriegskunst aus den Erzählungen seines Vaters, der dem Kaiser fünf Jahre lang als Soldat gedient hatte. «Nichts, was man einmal gehört hat, ist umsonst», sagte er zu Elisabeth, die endlich den Ernst der Lage begriff.
Vor Anbruch der Morgendämmerung gab Dienstl den Befehl zum Angriff. Hunderte Brandpfeile wurden auf Schernberg geschossen, von denen viele die Dächer des Schlosses trafen, die in dieser trockenen Sommernacht

bald in Flammen standen. Nach kurzer Zeit gab das Tor den heftigen Stößen des Fichtenstammes nach, die Bauern stürmten in den Hof und überwältigten nach kurzem Kampf die wenigen Landsknechte und die Diener, die mit dem Löschen des Feuers beschäftigt waren. Man trieb sie in einer unversehrt gebliebenen Ecke des Schlosshofes zusammen. Inmitten dieser aus dem Schlaf gerissenen Bewohner der Burg befand sich auch die Herrin des Schlosses, Adelheid von Schernberg. Sie stammte aus einem Kärntner Rittergeschlecht und kam vor zwanzig Jahren in den Pongau, um ihren entfernten Vetter Bodo von Schernberg zu heiraten und damit den Beschluss ihrer und seiner Eltern zu befolgen. Die Ehe blieb ohne Liebe und ohne Kinder. Mit der Zeit flüchtete sich Adelheid von Schernberg in eine fanatische Religiosität und verbrachte ihre Tage und Nächte mit verschiedenen Züchtigungen und Gebeten, um sich den ungeliebten Mann vom Leibe zu halten. Da stand sie nun, von einem Nachthemd bekleidet, das bis an die Knie reichte und an dessen unterer Mitte ein fast messerlanger Schlitz eingeschnitten und darüber die Aufschrift „Gott will es so" mit verschnörkelten Buchstaben eingestickt war, ein Geschenk ihres Mannes. Da stand sie nun, zitternd und bleich, während hinter ihr ein Teil des Schlosses zusammenbrach. Mit weit aufgerissenen Augen starrte sie die Bauern an, als hätte sie noch nie in ihrem Leben solche Menschen gesehen. Im Turm des Schlosses fand man zwei alte Männer, die seit Jahren hier gefangen gehalten wurden und bereits einen Teil ihres Verstandes eingebüßt hatten. Wie kleine Kinder freuten sie sich über das riesige Feuer und sagten immer nur ein unverständliches Wort, das so ähnlich klang wie „Schernberghund". Von Schernberg selbst fehlte jede Spur. Man warf Möbel, Kleider und Hausrat aus den Fenstern in den Hof,

wütend über den noch nie gesehenen Luxus, man fand allerlei Schriftstücke, die sofort verbrannt wurden, um, so glaubten die des Lesens und Schreibens unkundigen Bauern, mögliche Dokumente über Schulden und Belastungen zu vernichten.
Während des Kampfes wurden drei der sieben Landsknechte des Pflegers getötet, die Überlebenden schlossen sich den Aufständischen an. Die Verluste der Bauern beliefen sich auf vier Tote. Die Verwundeten wurden von Elisabeth Feiersinger und den anderen Frauen betreut. Sie heilten die Verletzungen durch Eiterung, indem sie Terpentinöl und Rosenöl in sie hineinschmierten. Schernbergs Dienerschaft wurde von den Bauern freigestellt, zu bleiben oder fortzugehen. Keiner wollte bleiben. Adelheid von Schernberg setzte sich im Nachthemd auf ihr Pferd und ritt, begleitet von einer Kammerzofe und einem alten Mann, zurück nach Kärnten zu ihren Verwandten, weg aus dieser verhassten Gegend, weg von diesen schmutzigen Leuten und von einem Mann, dem sie keine Kinder schenken wollte. Aus sicherer Entfernung blickte sie noch ein letztes Mal dorthin zurück, wo sie den Großteil ihres bisherigen Lebens verbracht hatte, zu einem Schloss, das nie ihr Zuhause geworden war.

«Irgendwann hack ich dich ab!», sagte Bodo von Schernberg zu seinem Mittelfinger, der ihm wieder einmal höllische Schmerzen bereitete. Die beiden Landsknechte lachten. Dann ging er mit ihnen aus dem Bauernhaus, in dem sie eine Nacht lang bei Brot, Speck und Schnaps dem Bauern mit einem Würfelspiel die Möglichkeit aufgezwungen hatten, einen Nachlass der Weihsteuer zu gewinnen. Die Nacht war vorüber und der gesamte Besitz des Bauern in den Händen von Schernberg, der

ziemlich betrunken auf sein Pferd kletterte. Nach zwei Stunden kam Schloss Schernberg in Sicht.
«Verdammt!», sagte Schernberg. In sicherer Entfernung stiegen sie von ihren Pferden, gingen auf eine Anhöhe und blickten zu ihrem Schloss hinüber, von dem große Teile niedergebrannt waren.
«Die Bauern, diese Hunde!», sagte einer der Landsknechte und wollte zu seinem Pferd zurück, doch Schernberg hielt ihn auf. «Es sind zu viele. Die wollen mich haben. Das Ganze riecht nach Aufstand.»
«Was ist mit Burg Werfen?»
Die Burg Werfen war eine von den Erzbischöfen auf einem steilen felsigen Hügel angelegte uneinnehmbare Festung, die im Salzachtal die Aufgabe hatte, die Straße von Norden nach Süden hinter dem Pass Lueg zu kontrollieren.
«Zu schwach besetzt, ich war erst letzte Woche dort. Wir müssen vom Erzbischof selbst Verstärkung holen.»
Schernberg schlich zu seinem Pferd zurück, stieg auf und ritt ins Salzachtal hinab.

7

Virgil Fröschlmoser war mehr als zufrieden. Er hatte sieben Fuhrwerke mit Fellen und Leder beladen und nach Passau geschickt. Eine weitere größere Ladung war nach Süden unterwegs, zuerst auf Ochsenkarren in das Rauriser Tal, dann mit Kraxenträgern und Tragtieren auf den Saumpfaden durch das Seidlwinkeltal über den Tauern nach Kärnten, weiter mit Wagen über Gemona bis zum Flusshafen Portogruaro, von dort mit dem Schiff nach Venedig. Er hätte auch den leichteren Weg über den Radstädter Tauern wählen können, bevorzugte aber den Weg über den Rauriser Tauern, der auch von Schmugglern begangen wurde, mit denen Fröschlmoser in ausgezeichneten geschäftlichen Beziehungen stand. Im Gegenzug zum Handel in den Süden kamen jene Waren in seine Salzburger Lagerhäuser, die dem Norden fehlten. Auch das eine oder andere Päckchen mit Opium würde bei der nächsten Lieferung wieder dabei sein, wofür Fröschlmoser schon seit Jahren in gewissen Salzburger Kreisen Höchstpreise erzielte. Die beste Zeit für den Handel über den Tauern waren Spätherbst und Winter, wenn die an den Handelswegen ansässigen Bauern ihre Ochsen und Zugpferde zur Verfügung stellten, die sie dann für die Landwirtschaft nicht benötigten. Doch Fröschlmoser bezahlte besser als seine Konkurrenten und hatte ein Abkommen mit einigen Bauern aus der Gegend von Heiligenblut, die auch jetzt, im Hochsommer, seine Waren transportierten.

Virgil Fröschlmoser war also mehr als zufrieden, als er nach dem Mittagsschlaf aus seinem Haus in der Getreidegasse ging. Mittagsschlaf soll zwar Schüttelfrost, Schnupfen, Trägheit und Kopfschmerzen fördern, jedoch nicht bei Virgil Fröschlmoser, er fühlte sich danach

immer frisch, entspannt und voll Tatendrang. So auch an diesem Nachmittag, an dem ihn der Erzbischof vorgeladen hatte, um Geschäftliches mit ihm zu besprechen. Über was sonst soll er mit mir reden, dachte Fröschlmoser und lachte. Wahrscheinlich wird er sich wieder Geld ausleihen. Denn wie die meisten Fürsten und Erzbischöfe gab auch Burkhard von Weißpriach mehr Geld aus, als in die Kasse hereinkam.
Fröschlmoser freute sich, wenn ihn die Leute auf der Straße grüßten und war es gewohnt, dass ihn dabei keiner lange ansah, weil man sich den Anblick seines Gesichtes ersparen wollte. Vor über zwanzig Jahren war es bei einem Unfall, als ihn die brennenden Holzbalken des Hauses seiner Eltern in Thalgau unter sich begruben, entstellt worden. Fröschlmoser überlebte und machte das Beste aus sich, aus Rache an den schön Gebliebenen wurde er reich. Geld stand über jeder Schönheit dieser Welt und war das beste Mittel, Hässlichkeit auszugleichen und Mitleid oder Spott abzustellen. Er zog von Thalgau in die Stadt Salzburg und wurde Geschäftsmann. Für einen Zugereisten, auch wenn er aus dem nahe gelegenen Thalgau stammte, war es fast unmöglich, in die Salzburger Geschäftswelt aufgenommen zu werden, die eingeschworene Gesellschaft der Leute aus der Stadt Salzburg förderte seit Generationen nur sich selbst. So war es schon immer, und so sollte es auch für immer bleiben. Den vom Land Zugereisten erlaubte man höchstens, zur Unterhaltung und Belustigung beizutragen, denn durch Inzucht geschwächt, haben die Bewohner der Stadt nicht nur einen Großteil ihrer Energie, sondern auch ihre Phantasie verloren. Auf der Straße erkennt man sie an ihren Hüten und an den graugrünen Mänteln, doch nicht nur ihre Kleidung ist gleichförmig, auch ihre starren Gesichter und ihre sparsamen Bewegungen sind sich

ähnlich. Manchmal verkleiden sie sich als einfache Leute und nehmen, weil es gerade modern ist, bewegtere Gesichtszüge an. Diejenigen, die niemals ausweichen, wenn man ihnen in den Gassen entgegen geht, die jeden Daherkommenden zwingen, zur Seite zu treten, um einen Zusammenstoß zu vermeiden, das sind die Leute aus der Stadt, deren Väter und Großväter bereits aus der Stadt stammen und deren einziges Verdienst es ist, dieser oder jener wichtigen Familie in der Stadt anzugehören.

Gerade die Überheblichkeit der Leute aus der Stadt Salzburg wurde neben Fröschlmosers Hässlichkeit zur zweiten Triebfeder seines Handelns. Zunächst begann er, eine bestimmte Sorte von Waren des täglichen Bedarfs, beispielsweise Getreide, noch bevor sie auf den Markt kamen, in großer Menge anzukaufen und zu lagern. Dadurch führte er eine künstliche Preissteigerung herbei. Wenn dann diese Waren knapp und somit ihre Preise hoch waren, bot er sie zum Verkauf an. Diese Machenschaften, die das Fundament seines späteren Reichtums bildeten, waren zwar verboten, aber in Fröschlmosers Geschäftsnetz für die Behörden nicht durchschaubar. Seine Handelsbeziehungen erstreckten sich bald bis über die Grenzen des Landes, vorrangig nach Bayern, Österreich und in die Republik Venedig. Schließlich wurde er einer der bedeutendesten Fuhrunternehmer Salzburgs.
Darüber hinaus begann er, sich über sich selbst und sein unvorteilhaftes Äußeres lustig zu machen. Er gründete vor fünf Jahren das seither jährlich stattfindende „Schiache Hund Treffen" auf dem Waagplatz, eine Versammlung der hässlichsten Menschen aus der Gegend. Virgil Fröschlmoser freute sich jedes Mal, so viele hässlichere Menschen, als er selbst einer war, an

einem Ort versammelt zu sehen. Als Höhepunkt der Veranstaltung wurde der hässlichste Teilnehmer zum Sieger gewählt, der im letzten Jahr aus dem südlich von Salzburg gelegenen Grödig stammte.

Fröschlmoser bog auf den Marktplatz ein und ging über den kleinen Platz mit den schreienden Eierverkäufern in die Gasse der Bäcker und Milchhändler. Es war dunkel und schmutzig, er hatte Mühe, seine Schuhe sauber zu halten. Über die Gasse der Scherenschleifer und Goldschmiede erreichte er das Tor zur erzbischöflichen Residenz. Ein Diener geleitete ihn über die breite Treppe in einen Vorraum und bat ihn, kurz zu warten. Der Boden des Vorraums war mit einem groben Teppich ausgelegt, an dem sich Fröschlmoser, als er kurz allein war, schnell den ärgsten Dreck von den Schuhen abstreifte. «Den Dreck zum Erzbischof tragen», so nannte er diese Tätigkeit. Danach führte man ihn in das Arbeitszimmer des Erzbischofs, der ihn bereits erwartete. Fröschlmoser ging in die Knie und küsste den Ring seines Landesherren.
«Ist schon gut, lieber Fröschlmoser», sagte Burkhard, was bedeutete, dass er Geld von ihm haben wollte. Denn darauf lief es immer hinaus, wenn der Erzbischof «lieber» zu ihm sagte.
«Wie gehen die Geschäfte, lieber Fröschlmoser?», fuhr er fort.
Da wird es sich wohl um eine größere Summe handeln, dachte Fröschlmoser, denn zwei «lieber» so kurz hintereinander, das war ungewöhnlich.
«Danke, mein hochfürstlicher geistlicher Herr, ich bin zufrieden.»
«Ich will gleich zur Sache kommen, lieber Fröschlmoser. Er hat uns ja gnädigerweise fünftausend Gulden gelie-

hen, damit wir unserer Heiligkeit in Rom die Servitientaxen als Verwaltungsaufwand für die vatikanische Mühewaltung im Rahmen meiner Ernennung zum Erzbischof erstatten konnten. Sobald diese Summe durch die Weihsteuer abgegolten ist, werde ich natürlich sofort alles zurückzahlen. Die Bevölkerung ist gerade eifrig dabei, die Weihsteuer zu begleichen. Es kann sich nur noch um ein paar Wochen handeln.»

Fröschlmoser brauchte das Geld derzeit ohnehin nicht, seine Geschäfte liefen bestens, und er war mit dem Silberbergwerk im Gasteinertal, dessen Pfandrechte ihm der Erzbischof als Zinsen für die Dauer seiner Schulden überlassen hatte, durchaus zufrieden. Denn das Bergwerk, als unbedeutend eingestuft, brachte überraschenderweise seit einiger Zeit mehr Ertrag als noch kurz zuvor. Fröschlmoser hatte wieder einmal reines Glück gehabt. Das Glück war Teil seiner unternehmerischen Weltanschauung, doch auch die Begabung, stets dort zu sein, wo sich das Glück gerade aufhält, gehörte dazu.

«Ihr habt die Zeit, ich habe das Geld», sagte Fröschlmoser, «wir sind Partner, ich klage nicht.»

«Nun, lieber Fröschlmoser», begann Burkhard und blickte auch dieses Mal bewusst an ihm vorbei, «könnte er sich vorstellen, mir noch einmal mit, sagen wir, zweitausend Gulden auszuhelfen? Wie er sicherlich weiß, hat mich seine Heiligkeit kürzlich in den Stand eines Kardinals erhoben, und wie er überall sehen kann, ist unsere Stadt mit umfangreichen Feierlichkeiten für das Fest meiner Kardinalserhebung beschäftigt. Und er kann sich gewiss vorstellen, wie viel solche Feierlichkeiten kosten. Unsummen!»

Fröschlmoser konnte sich bei aller Anstrengung nicht vorstellen, dass der ganze lächerliche Aufputz zweitausend Gulden kosten sollte.

«In Ordnung», sagte er, «ich bin bereit, Euch diese Summe zur Verfügung zu stellen. Als Gegenleistung für die innerhalb eines Jahres anfallenden Zinsen verlange ich von Euch die Erlaubnis, eine Wasserleitung vom Almkanal über den Grund des Klosters Sankt Peter bis in mein Haus in der Getreidegasse legen zu lassen.»
Bereits im zwölften Jahrhundert war vom Stift Sankt Peter und dem Domkapitel ein 370 Meter langer Wasserstollen von Süden her durch den Fels des Mönchsberges gegraben worden, um das Kloster, das Domkapitel und später auch die Brunnen der Stadt mit Wasser zu versorgen. Virgil Fröschlmoser wollte eine private Anbindung an dieses Kanalsystem.
«Wozu eine Wasserleitung, Fröschlmoser?» Das «lieber» war plötzlich verschwunden.
«Ich möchte mir eine kleine private Badstube einrichten», antwortete er. In die öffentlichen Badhäuser der Stadt wollte er wegen seines Äußeren nicht gehen, denn nicht nur sein Kopf, sondern auch sein Körper wies Verbrennungsnarben auf.
«Das wird nicht leicht sein, dafür brauche ich die Erlaubnis des Abtes.»
«Wer ist nun unser Landesfürst und Stadtherr, Ihr, hochfürstlicher geistlicher Herr, oder ein unbedeutender Abt?»
Unverschämtheit, dachte Burkhard und sagte «Einverstanden.» Er war als Mann schneller Entschlüsse bekannt und hatte keine andere Wahl. «Ich brauche die Summe noch heute.»

Kurz darauf gab Virgil Fröschlmoser den Auftrag, zweitausend Gulden an die erzbischöfliche Kammer zu überweisen. Fürsterzbischof Burkhard von Weißpriach konnte noch am Abend die lang ersehnte Reliquie des messergroßen Holzsplitters des Heiligen Kreuzes in seinen Händen halten. Ein Händler aus Deutschland hatte sie am Tag zuvor gebracht, für fünfhundert Gulden würde er sie ihm sofort überlassen, mitsamt Echtheitszertifikat und der goldbeschlagenen Schatulle, die allein schon einigen Wert hatte. Burkhard wollte nicht ohne diesen edlen, ihn in die Nähe seines Heilands rückenden Gegenstand zum Kardinal ernannt werden. Ein Nagel der Kreuzigung wäre ihm natürlich lieber gewesen, doch der war selbst für den Erzbischof von Salzburg unbezahlbar. Burkhard mutmaßte, dass der Holzsplitter unerlaubt von einem Stück des Kreuzesholzes abgeschnitten worden war, das sich im Besitz der Nachkommen Kaiser Karls des Vierten befand, der es seinerzeit wiederum von einem Stück Kreuzesholz aus dem Domschatz von Trier abgeschnitten hatte. Dieses Stück selbst wurde seinerzeit von Kaiserin Helena, die es sicherlich auch nicht rechtmäßig erworben haben konnte, in ihren Geburtsort Trier gebracht, Ein Diebstahl folgte also auf den anderen, wodurch sich jeder der einzelnen Diebe die unrechte Tat mit weiteren Dieben teilen durfte und dadurch fast schon wieder reingewaschen war.

Der Erzbischof schlief schlecht. Immer wieder wachte er auf und sah sich den Holzsplitter an. Das war zwar nur ein Stück Holz, aber was für ein Holz! Wie und wo sollte er es am besten verwahren? Er musste es vor Dieben schützen, vor Feuer und vor Vergänglichkeit. All das quälte ihn die ganze Nacht hindurch, und als er endlich gegen Morgen einschlief, wurde er von seinem Kämmerer geweckt. Heute war ein besonderer Tag, der Tag des Kardinals, Burkhards Hochzeitsfest, seine Aufnahme in die Ehrenlegion des Heiligen Vaters, sein Eintritt in den Himmel der obersten Frömmigkeit. Seine Ernennung

zum Kardinal war bereits zwei Jahre zuvor auf dem Fürstentag in Siena erfolgt, doch nicht einmal der davon betroffene Burkhard wusste davon, so heimlich ging das Ganze vor sich. Sechs Kandidaten gab es damals, und Burkhard war der einzige Kandidat aus den Ländern nördlich der Alpen. Der Papst zog es vor, die Angelegenheit „in petto", also nicht öffentlich, durchzuführen, um dadurch nicht andere Würdenträger, besonders jene von nördlich der Alpen, zu beleidigen, deren Wünsche nicht erhört worden waren. Allein dem Kaiser teilte man die Angelegenheit in höchster Geheimhaltung „secretissime" mit. Vor einigen Wochen jedoch gab der Papst, als er gerade in Viterbo Hof hielt, die Erhebung des Burkhard von Weißpriach in den Stand eines Kardinalpriesters der Heiligen Römischen Kirche offiziell bekannt.
An den Fenstern der Stadt hatte man Blumen angebracht, einfaches Grünzeug aus den Gärten der Bürger. Es war heißer als sonst um diese Jahreszeit. Im südlich der Stadt gelegenen Schloss Freisaal, wo Burkhard die Nacht verbracht hatte, wurden die letzten Vorbereitungen für den feierlichen Einzug des Kardinals in die Stadt getroffen. Man half ihm auf ein mit bestickten Decken und Bändern behangenes Pferd, dann setzte sich ein Zug von mindestens fünfzig Männern, Kirchenfürsten, Adeligen, Trommlern, Hornbläsern und Gardesoldaten zu Pferd und zu Fuß in Bewegung. Auch einige weiß gekleidete kerzenhaltende Knaben mit blumengeschmückten Köpfen waren dabei. Der prominenteste Teilnehmer an den Feierlichkeiten war Ludwig, der Herzog von Niederbayern-Landshut, der neben dem Erzbischof ritt. Der Kaiser hatte abgesagt, ebenso der Erzherzog von Österreich, der mitteilen ließ, er werde vom Kaiser gerade für Wichtiges benötigt. Burkhard, im Gesicht so schön weiß gepudert wie noch nie in seinem

Leben, schwitzte unter seinen dicken Gewändern, die höllische Hitze machte ihm schwer zu schaffen. Doch wurde von einem Kardinal auch die Bereitschaft zu bedingungslosem Martyrium erwartet. Gott liebt mich, also quält er mich, dachte Burkhard. Wenn nur der Holzsplitter nicht Schaden dabei nimmt!

Er trug den Holzsplitter des Heiligen Kreuzes direkt auf der Haut, ungefähr dort, wo sich die Leber befindet. Das gab ihm das Gefühl, ein wenig in der Haut seines Heilands zu stecken. Sein Schweiß schien sich mit dem auf dem Holzsplitter klebenden Schweiß und Blut des Heilands zu vermischen. Burkhard war so sehr mit sich selbst beschäftigt, dass er nicht viel von dem wahrnahm, was rundherum vorging. Er fühlte nur sich selbst, den Holzsplitter und die unerträgliche Hitze.

Der Zug bewegte sich durch das Nonntaltor in die Kaigasse, die von jubelnden, fahnenschwenkenden und blumenstreuenden Menschen gesäumt wurde. Hier war es endlich etwas kühler. Da setzte ein ohrenbetäubender Lärm ein. Die Glocken des Domes, der Stadtpfarrkirche, der Michaelskirche, der Klosterkirchen von Sankt Peter und Nonnberg und der Spitalskirchen zur Heiligen Magdalena und zum Heiligen Blasius wurden gleichzeitig angeschlagen. Burkhard hörte nichts außer Glocken und sah nichts außer Dunst, weil ihm der Schweiß die Augen verklebte. Doch wurde er gesehen, das genügte. In der Menge, an der er gerade vorbeizog, befand sich auch Bodo von Schernberg, der nach einem anstrengenden Ritt in der Stadt Salzburg angekommen war und unbedingt mit seinem Erzbischof sprechen musste. Dafür war dieser Tag jedoch die ungünstigste Gelegenheit, die es geben konnte.

Ziel der Prozession war der Dom in der Mitte der Stadt, wo der Bischof von Chiemsee als Vertreter des Papstes

seinem Freund Burkhard von Weißpriach den Kardinalshut auf den Kopf setzte, ihm den Kardinalsmantel um die Schultern legte und den Kardinalsring an den Finger steckte. Danach fand eine Messe statt, die länger dauerte als üblich.
Am Nachmittag hatten verschiedene Gratulanten Gelegenheit, dem neuen Kardinal Besuche abzustatten, um ihre Segenswünsche auszusprechen. Darin sah Bodo von Schernberg die Möglichkeit, auf schnellstem Weg mit seinem Erzbischof in Verbindung zu treten. Es gelang ihm nach einigen Schwierigkeiten, sich in die Liste der Gratulanten einzutragen und in der Reihe der Wartenden vorzudrängen. So stand er endlich vor seinem Landesherren, der ihn nicht sofort erkannte, küsste seinen Kardinalsring und stotterte vor Aufregung: «Aufstand im Gebirge. Die Bauern haben mein Schloss niedergebrannt.» Weiter kam er nicht. Der Erzbischof flüsterte ihm ins Ohr, Geheimhaltung zu bewahren, gleich morgen früh zu ihm zu kommen und ihm über die Vorfälle genau zu berichten. Wie lange will denn der noch warten, dachte Schernberg, als er sich unter zahlreichen Verbeugungen entfernte. Doch Burkhard wollte sich die Freude über seinen Tag nicht nehmen lassen, von einem Schernberg nicht und von ein paar wildgewordenen Gebirgsbewohnern schon gar nicht. So ging der Tag vorbei.

Die erste Anordnung Burkhards als Kardinal richtete sich an den Abt von Sankt Peter, dem er befahl, die dringend erforderliche Errichtung einer Wasserleitung durch das Gebiet seines Klosters zu erlauben. Danach empfing er Bodo von Schernberg, hörte seinen Bericht und ermächtigte ihn, Landsknechte zu rekrutieren, mit ihnen in den Pongau zu marschieren, dort mit den örtlichen Kräften diesen lächerlichen Aufstand, sofern er sich nicht schon von selbst wieder aufgelöst hatte, niederzuschlagen und die Ordnung wiederherzustellen. Bei der Wahl der dazu erforderlichen Mittel habe er, Bodo von Schernberg, freie Hand. «Doch bitte, sorge er dafür, dass das Ganze schnell erledigt wird und nicht allzu viel kostet.» Das war die einzige Bedingung, die der Erzbischof stellte. Daraufhin versank er in der geröteten Frische seiner lebenslangen Kardinalität.

8

Die Aufständischen hatten ihr Lager vor dem Schloss, dessen westlicher Teil völlig zerstört worden war, aufgeschlagen. Bodo von Schernberg war ihnen entwischt. Ein militärischer Erfolg von einer Handvoll zu allem entschlossenen Männer gegen ein paar schlecht ausgerüstete, in der Nacht überraschte Diener und Landsknechte, was war das schon? Die Vertreibung der Schernberger und die Besitzergreifung eines unbedeutenden Schlosses im Gebirge bedeuteten noch lange nichts. Dafür hatten sie sich außerhalb der Gesetze gestellt, und nun schwankten sie zwischen Wut und Reue. Pfeiffenberger sang leise ein Lied aus seiner Lungauer Heimat. Elisabeth schlief zwischen ihm und Hans Daucher im Gras. Ihr langes braunes Haar vermischte sich mit den Grashalmen und schien in die Unendlichkeit weiterzuwachsen. Wie ein Engel, dachte Hans Daucher, der stumm daneben saß und so tat, als würde er nicht zu ihr hinüber sehen. Vorhin hatte sie auffällig offen mit Ulrich Dienstl geredet. Das störte ihn. Dienstl war älter und erfahrener als er, ein Mann, den man kannte, ein Mann, der seiner Meinung nach Geld hatte.

Dienstl legte seine Jacke auf Elisabeth. Hans Daucher ärgerte sich, dass ihm das mit der Jacke nicht selbst eingefallen war, dass ihm nie etwas einfiel, was Eindruck machte. Dabei dachte er an den Sturz in das offene Grab seines Vaters. Außerdem war seine dünne Stoffjacke viel zerlumpter und schmutziger als die lederne von Dienstl. Aber gewärmt hätte sie auch. Und was für ein Stück von seiner Wärme hätte in dieser Jacke gesteckt! Doch was hatte ein unbedeutender Bauernbub gegen einen Gerbermeister und Bürger der größten Ortschaft in der ganzen Gegend schon zu bieten? Ein Leben in Dreck und Armut. Vielleicht würde jetzt alles anders werden, vielleicht war wirklich eine neue Zeit angebrochen, wie es ihm Pfeiffenberger einredete.

«Und was jetzt?», fragte der Einödbauer. Elisabeth wachte auf und zog Dienstls Lederjacke an.

«Der Dienstl soll unser Hauptmann sein!», sagte einer.

Der Einödbauer ging zu Dienstl: «Was verstehst du schon von uns Bauern? Du hast uns hierher geführt. Wohin führst du uns jetzt? In den Tod?» Ulrich Dienstl war müde. Der Kopf tat ihm weh.

«Wir müssen den Pass Lueg besetzen», stotterte Hans Daucher plötzlich, «dann kann der Erzbischof keine Soldaten ins Gebirge schicken. Weil mit den paar Landsknechten und Beamten bei uns werden wir leicht fertig.»

«Der Daucher soll unser Hauptmann sein!», sagte derselbe, der sich vorher für Dienstl eingesetzt hatte.

«Wir wollen keinen anderen Herrn über uns anerkennen als unseren Gott», sagte Pfeiffenberger.

Mit Dauchers Vorschlag, den Pass Lueg zu besetzen und damit die einzige Verbindung zwischen Salzburg und dem Pongau abzuschneiden, war man einverstanden. Man sah das als sinnvolle Fortsetzung des spontan ausgebrochenen Aufstandes, der nun grundsätzlich organisiert wurde. Drei Leute sollten in den angrenzenden Pinzgau reiten, um dort die Bauern zu überzeugen, sich ebenso zu erheben und Hans Hailberger, den verhassten Pfleger auf Burg Lichtenberg dorthin zu jagen, wo auch Schernberg hingehörte, nämlich zum Teufel. Das dürfte nicht allzu schwer sein, war doch dort die Stimmung wegen der Erhöhung der Weihsteuer und des Wechsels von drei alten schwarzen Pfennigen gegen einen neuen silbernen ebenso aufgeheizt wie im Pongau. Man kannte die Pinzgauer als schweigsame Gebirgsbewohner, noch

verschlossener als die Pongauer, was kaum möglich war. Sie konnten ebenfalls viel ertragen, waren jedoch auch bereit, das Unerträgliche abzuschütteln.
Dienstl, Daucher und Pfeiffenberger übernahmen die Aufgabe, mit einigen Männern nach Norden zu ziehen, die Bevölkerung unterwegs von der Notwendigkeit des Aufstandes zu überzeugen und den Pass Lueg zu besetzen, zu befestigen und zu verteidigen. Der Bischofshofener Rudolf Trauner wollte mit dem Rest der Mannschaft im Pongau die erzbischöflichen Landsknechte entwaffnen, die Amtleute, Pfleger und Landrichter, sofern er sie erwischen konnte, ihrer Ämter entheben und davonjagen. Er würde dafür sorgen, dass sich möglichst viele dem Aufstand anschlossen und schließlich der Mannschaft des Pass Lueg Verstärkung bringen, da die größte Gefahr vorerst aus der Hauptstadt im Norden drohte.
Dann setzte sich ein Haufen müder, zerlumpter, schmutziger Menschen in Bewegung. Ans Sterben dachte man nicht. Elisabeth, immer noch in Dienstls viel zu großer Lederjacke, ging eine Weile neben Hans Daucher her. Er hätte gern mit ihr gesprochen, ihm wäre viel eingefallen, er brachte es aber bei aller Anstrengung nicht heraus. Dabei gab es ohnehin nur eines zu sagen. Doch er fand es unangebracht, in einem für das ganze Land so wichtigen und entscheidenden Augenblick von Liebe zu reden. Gerade jetzt kam ihm diese private Allerweltsgeschichte in die Quere, gerade jetzt, wo er seinen ganzen Mut für die gemeinsame Sache brauchte, sollte er den Mut aufbringen, für Elisabeth die passenden Worte zu finden. Man muss im Leben wissen, was zuerst kommt und was nicht. Also schwieg er vorläufig.

Die Vertreibung der Schernberger sprach sich bald herum, und noch am selben Tag schlossen sich einige

hundert Pongauer Bauern und Bürger dem Aufstand an. Auch Knechte und Tagwerker waren unter ihnen. Haus und Hof überließ man den Frauen und Alten, bis zum Beginn der Ernte im Spätsommer wollte man wieder zurück auf den Höfen und Feldern sein. Hans Daucher lief zu seinem Hof hinüber, versprach seiner Mutter, bald gesund wieder zu kommen, nahm das Pferd seines Vaters aus dem Stall und ritt zu den anderen zurück.
«Was ist los mit dir?», sagte Pfeiffenberger, der auf einem Wagen saß und das Pferd antrieb. «Mir scheint, dich hat's erwischt.» Daucher schwieg.
«Die Elisabeth?», fuhr Pfeiffenberger fort.
Daucher wurde rot und sagte: «Na und?»
«Ja, ja, die Liebe», seufzte Pfeiffenberger. «Mir scheint, sie hat schon was bemerkt.»
«Glaubst du wirklich?»
«Ich kenn doch die Weiber. Du musst sie halt einmal darauf anreden. Redst dich eh so gut mit ihr.»
«Wie meinst du denn das?»
«Wie werd ich das schon meinen? Red einfach drauf los! Sag ihr, was du dir denkst über euch zwei. Was soll schon passieren?»
Hans Daucher verschluckte sich und musste husten. Pfeiffenberger fuhr fort: «Du würdest gut zu ihr passen. Mir scheint aber, dass auch der Dienstl ein wenig auf sie spitzt.»
«Der Dienstl passt nie im Leben zu ihr.» Daucher war froh, als Pfeiffenberger endlich auf andere Gedanken kam und wieder begann, sein Lungauer Lied zu singen.

Die Aufständischen zogen in Sankt Johann ein und erklärten die Ortschaft für besetzt. Die Beamten wurden, sofern sie sich nicht dem Aufstand anschlossen, verjagt. Die wenigen Söldner des Erzbischofs waren es gewohnt, sich immer auf die Seite der Stärkeren zu schlagen und verhandelten nun mit Dienstl über ihren Sold. Der Marktschreiber Mausrieml erklärte sich bereit, im Wirtshaus zum Goldenen Kreuz eine Schreibstube einzurichten und allfällige Schreibarbeiten zu übernehmen. Er hatte das Lesen, Schreiben und Rechnen in seiner kurzen Zeit als Klosterschüler bei den Benediktinern gelernt. Da aber Johanna Schwingenschlögel aus Wagrain seine Wege gekreuzt hatte und er nicht auf sie verzichten wollte, trat er aus dem Kloster aus, machte sie zu Frau Johanna Mausrieml und zur Mutter von neun Kindern.

Mausrieml war für alles Schriftliche in seiner Gemeinde zuständig, für den amtlichen, den geschäftlichen und den privaten Schriftverkehr. Manchmal kam auch ein Verliebter zu ihm, der sich für seine Angebetete einen Liebesbrief verfassen ließ. Da die Angebeteten meist nicht lesen konnten, kamen diese wiederum zu Mausrieml, um sich den erhaltenen Liebesbrief vorlesen zu lassen. Viel einfacher wäre natürlich der mündliche Weg der Liebeserklärung gewesen, doch manche wollten es ausdrücklich schriftlich machen wie die feinen Leute. Mausrieml fügte sogar manchmal ein kleines selbstverfasstes Gedicht hinzu und war besonders stolz darauf. Denn so taten es die feinen Leute auch. Wegen seiner Arbeit wurde er von denen belächelt, die selbst nicht schreiben konnten und glaubten, das Schreiben sei im Gegensatz zur schweren Tätigkeit eines Schmiedes oder eines Rossknechts keine Arbeit, weil hier nur die Finger arbeiteten. Das Denken kann man nicht sehen, folglich galt es nicht als Arbeit. «Stümper», urteilte Mausrieml über den Rest der Welt. «Was wärt ihr alle ohne mich? Die Schrift hält euch zusammen, die Schrift öffnet euch das Tor zum Menschsein, und ich bin der Schlüssel dazu.» Zum Glück behielt Mausrieml diese Gedanken für sich, sonst hätte man ihn für noch verrückter gehalten, als man es ohnehin schon tat. Jede Gemeinschaft brauchte einen Mausrieml, der die Geheimnisse von Wörtern und Buchstaben kannte, und gerade diese Gemeinschaft brauchte ihn jetzt nötiger denn je. Sie mochten ihren Mausrieml, auch wenn sie hinterrücks über den sonderbaren Stubenhocker spotteten.

In der Zwischenzeit war das Heer der Aufständischen auf über fünfhundert Mann angewachsen. Je größer es wurde, desto mehr verbreitete sich die Sicherheit, nichts mehr zu verlieren zu haben, sondern vielleicht einmal im Leben auf der Seite der Sieger zu stehen. So versuchte jeder in irgendeiner Form, sich seinen Gewinn aus der Sache vorzustellen. Viele jedoch schlossen sich dem Aufstand mehr aus Furcht vor möglichen Folgen an, denn die Aufständischen könnten als die neuen Machthaber im Land später die Verweigerer und Abtrünnigen zur Verantwortung ziehen. Es war auf jeden Fall besser, sich immer auf die Seite der Mehrheit zu stellen, man weiß ja nie. Später könnte man immer noch sagen, man sei dazu gezwungen worden und habe von nichts gewusst.
Hans Daucher hatte beim Abschied vor dem Wirtshaus zum Goldenen Kreuz ein wenig Hoffnung auf gemeinsame Liebe, denn Elisabeth umarmte ihn herzlicher als Dienstl, den sie nur kurz an sich drückte. Hans hingegen konnte den Körper seiner Elisabeth noch Stunden später spüren, so heftig kam ihm ihr Drücken vor. Dieses warme Gefühl stieg ihm so sehr bis über beide Ohren, dass sich Pfeiffenberger erneut zu einem «Ganz schön erwischt!» hinreißen ließ, was Daucher langsam auf die Nerven ging.

Nach einem Triumphzug durch Bischofshofen und Werfen, deren Einwohner sich mit den Aufständischen verbündeten, erreichten sie am nächsten Abend den Pass Lueg. Hier gab es nichts als Felsen, grauweißes Gestein mit einem tiefen Einschnitt, den sich die Salzach zwischen die Kalkstöcke des Tennen- und des Hagengebirges gegraben hatte. Nur für eine enge, steile Straße blieb etwas Platz. Die Salzach erschien hier kleiner, man hatte den Eindruck, als habe sie im steinigen Durchbruch die Breite gegen die Tiefe eingetauscht. Der Pass selbst bestand aus einer kleinen Anhöhe, die nach Norden hin wieder in eine tiefe Schlucht mündete. Diese Anhöhe galt es zu befestigen, von hier aus hatte man den besten Überblick. Es lag nahe, über der Schlucht Steine und Felsbrocken anzusammeln, die auf die Angreifer hinunter geworfen werden konnten. Das hatten seinerzeit auch die keltischen Stämme gemacht und ihren Feinden, den Römern, den Weg ins Gebirge versperrt. Ihr Land war zwar besetzt, sie selbst jedoch waren nie besiegt.
Noch in der Nacht sperrten sie den Pass ab. Überraschte Beamte, Kuriere und Soldaten des Erzbischofs wurden gefangen genommen, mitgeführte schriftliche Botschaften gesammelt und zu Mausrieml nach Sankt Johann geschickt. Zwei Tage und zwei Nächte dauerte die Arbeit an den Befestigungen des Passes und an der steinernen Falle, dann verteilte man sich rechts und links der Straße auf den Anhöhen und wartete. Sollte es weiter westlich von hier den Pinzgauern gelingen, den Kniepass im Saalachtal zu besetzen, gäbe es keine Möglichkeit mehr, die Gebirgsgaue des Erzbistums Salzburg von Norden aus zu erreichen, und die beiden Handelsstraßen in den Süden wären abgeschnitten und unter der Kontrolle der Aufständischen.

9

Im Raplbad, einem der öffentlichen Badhäuser der Stadt, vermischte sich das über den Almkanal vom Fuß des Untersbergs durch den Mönchsbergstollen in die Stadt geleitete Wasser mit den Flüssigkeiten aus den menschlichen Körpern. Mitten in der Badstube saß Jörg Paumgartner in einer hölzernen Wanne mit heißem Wasser, das von einer Badmagd immer wieder ausgewechselt wurde. Vor ihm auf dem quer über der Wanne liegenden Brett dampfte seine Nachmittagsjause, ein paar gesottene Eier und ein gebratenes Huhn. Dazu servierte ihm die Magd Wein, noch mehr als zum Mittagessen, das er gerade zwei Stunden zuvor beendet hatte. Heute ließ er es an nichts mangeln. Der Ochse von vorhin lag ihm noch schwer im Magen, oder war es doch der Hecht in Sülze, der einen Gang zuvor serviert worden war? Vielleicht lag es auch am darauffolgenden Käsekuchen. Schade, denn die gesottenen Eier schmeckten ihm nicht wirklich, sie konnten sich in seinem Magen gegen Ochsen, Hecht und Käsekuchen nur schwer durchsetzen. Gegenüber, ebenfalls in derselben Wanne, saß die dicke Edeltraud. Sie hasste nichts mehr als gesottene Eier. Dafür liebte sie Rotwein über alles. Die dicke Edeltraud war wie immer eine Augenweide an Bademode, die naturgemäß, da der Körper bis zum Hals im Wasser steckte, auf dem Kopf der Badenden zu sehen war. Heute trug sie ein Strohgeflecht mit rotsamtenen Rosen und auffällig darin eingestickten Mäusezähnen, die inmitten eines Kranzes aus Äpfeln und Birnen in die Luft ragten, während geflochtene Hanfzöpfe wie die Zweige von Trauerweiden auf ihre Schultern hingen. Edeltraud benötigte oft Stunden für ihren modischen Kopfschmuck, dafür konnte sie den Titel einer Bademodenkönigin unangefochten für sich beanspruchen. Auf wie viele Badhäuser sich ihr Reich erstreckte, wusste niemand. Ihr auffällig ausladendes Haupt hatte wohl die Aufgabe, die angenehm feste Fülle ihres Körpers auszugleichen, wie das auch bei der kunstvoll gestalteten Kuppel eines sonst unauffälligen Kirchturms der Fall ist. Als Paumgartner nach dem Mittagessen das Brett zwischen sich und Edeltraud wegräumte, um sich mit ihrem Körper zu beschäftigen – dafür ließ sich Edeltraud von ihm bezahlen – kreischte sie kurz, er solle ja aufpassen, dass ihr Kunstwerk nicht in Mitleidenschaft gezogen werde. Aber Paumgartner hatte in dieser Hinsicht ausreichend Erfahrung. Die Badmagd schüttete heißes Wasser nach, der Kesselofen glühte. Paumgartner kam wieder voll auf seine Kosten, einmal alle zwei Wochen leistete er sich einen ganzen Tag in der Badstube. Edeltraud stieg aus der Wanne und ging anderen Verpflichtungen nach.

Aus einem Nebenraum hörte man Schreie. Der Bader, der neben der Betreuung des Bades auch Wunden aller Art behandelte und sogar Zähne reißen konnte, war gerade dabei, eine ausgerenkte Schulter wieder einzurenken. Paumgartner winkte dem Scherer, um sich die Haare schneiden zu lassen. Der Scherer, wie Paumgartner ein Mann mittleren Alters, grauhaarig und mit aufgezwirbeltem Schnurbart, näherte sich mit seinem Scherzeug.

«Schröpfen», sagte er zu Paumgartner. Denn er war nicht nur ein Meister des, wie er im Scherz immer zu sagen pflegte, Haareverkürzens, sondern auch ein Meister im Lebenverlängern, das bei Aderlass und Schröpfen seinen Anfang nahm.

Paumgartner dachte noch an das Schröpfen vor vier Wochen und an die Wunden, die ihm der Scherer in die Haut gehackt hatte, um seine gläsernen, über einer Flamme erwärmten Schröpfköpfe draufzusetzen und die

schlechten Körpersäfte abzuziehen. Es schmerzte am Anfang, und der Scherer sagte wie immer den Satz: «Vor dem Schmerz sind alle Menschen gleich.» Manchmal hatte Paumgartner das Gefühl, dass dieses Badergesindel die ganze Geschichte mit den Körpersäften erfunden hatte, um ihr Geschäft mit der Gesundheit der Menschen zu machen. Heute beschloss er, sich kein Schröpfen und keinen Aderlass einreden zu lassen, außerdem erschienen ihm seine Säfte sowieso in bester Ordnung. «Danke, Scherer, heute nur Haareschneiden», sagte er.
Der Scherer machte sich an die Arbeit, wusch ihm die Haare und begann, sie mit der Schere zu behandeln. «Irgendwann werde ich mich selbstständig machen, das garantiere ich dir. Denn ich bin nicht länger bereit, mich an den ganzen Kosten für die Unmengen Holz, die so ein Badeofen braucht, zu beteiligen. Dazu kommen noch die Reparaturkosten und die Erhaltungskosten für das Bad. Da sammelt sich schon was zusammen. Soll der Bader selber schauen, wie er zurecht kommt, ich bin Doktor und Scherer, mir kann so eine Badstube gestohlen bleiben. Nichts als Hitze und Feuchtigkeit! Das Blut rinnt natürlich mit der Hitze besser als ohne, aber trotzdem. Bald werde ich von hier wegziehen, mir in der Nähe eine kleine, gemütliche Stube einrichten, und ich hoffe schon, dass ich mit dir als Kundschaft rechnen kann.»
«Natürlich», sagte Paumgartner, dem das Geschwätz des Scherers auf die Nerven ging. Er war kein Mann vieler Worte und wollte gerade hier in der Badstube, an einem Ort des Friedens und der Vergnügungen, seine Ruhe haben, an nichts denken und schon gar nicht von den Sorgen anderer hören. Ärger gab es für ihn ohnehin immer genug.
In diesem Moment setzte sich ein Mann in die Wanne neben ihm. «Jörg Paumgartner?», fragte er nervös. «Man

hat mir gesagt, dass ich Euch hier finden würde.»
«Kennen wir uns?», fragte Paumgartner.
«Bodo von Schernberg, Pfleger in Sankt Veit. Ich habe von unserem erzbischöflichen Fürsten den Auftrag, Landsknechte anzuwerben.»
Paumgartner mochte zwar in der Badstube seine Ruhe, für Geschäfte jedoch war er überall zu haben, denn die guten Angebote suchten sich meistens Zeit und Ort nicht aus, sondern kamen unangemeldet, meistens dann, wenn man nicht mit ihnen rechnete. Er richtete seinen Oberkörper auf: «Da seid Ihr bei mir richtig.»
Paumgartner galt als einer der besten Söldnerführer im Land, er war zwar teuer, aber zuverlässig und imstande, innerhalb kürzester Zeit jede gewünschte Anzahl gut ausgerüsteter Landsknechte bereit zu stellen.
«Die Sache ist streng vertraulich», sagte Schernberg und blickte auf den hinter Paumgartner stehenden Haarschneider.
«Ihr meint den Scherer? Der hält den Mund. Denn der weiß genau, dass ihm sonst selber was abgeschnitten wird. Und damit sind nicht die Haare gemeint.»
Paumgartner lachte, der Scherer lachte auch, aber mehr aus diensteifriger Höflichkeit als aus Belustigung und beschäftigte sich weiter mit Paumgartners Haaren.
«Im Gebirge gibt es Schwierigkeiten mit ein paar wild gewordenen Bauern. Ich habe den Auftrag, für Ruhe zu sorgen und die Ordnung wieder herzustellen.»
«Wo im Gebirge?», fragte Paumgartner.
«In der Gegend von Sankt Veit.»
«Das trifft Euch ja persönlich!»
«Kann man wohl sagen. Sie haben mein Schloss niedergebrannt.»
Paumgartner pfiff durch seine Vorderzähne. «Der Erzbischof hat wie immer zu wenig Soldaten in seinem

Dienst? Jetzt muss er auf den alten Jörg Paumgartner zurückgreifen. Auch gut.»
Paumgartner und Schernberg handelten den Sold aus und einigten sich auf einen zweiwöchigen Dienst. Schernberg wollte diese Vereinbarung niederschreiben, doch der aufmerksame Scherer gab zu bedenken, dass man nach dem Baden nicht schreiben soll, um seinen Augen nicht zu schaden. Also einigte man sich mit Handschlag. Danach versank Schernberg in seiner Wanne, mit der ungeduldigen Erwartung, bald im Blut dieses Bauerngesindels baden zu können.
«So, fertig!», sagte der Scherer. «Jetzt bist du wieder ein Mensch.»
Paumgartner dachte, dass er sich das Haareschneiden hätte sparen können, da es ab übermorgen wieder völlig gleich sein würde, ob er ein Mensch sei oder nicht. Er ließ seinen linken Arm aus der Wanne hängen, am Mittelfinger steckte ein eiserner Ring, auf dem eine Musketenkugel eingeschweißt war. Vor ungefähr zehn Jahren, als Paumgartner gegen die Türken kämpfte, verletzte ihn diese Kugel an der linken Schulter. Sie wurde ihm von einem Bader aus dem Fleisch geschnitten. Paumgartner ließ daraufhin diese Kugel in einen Ring einschmieden, den er seither nie wieder von seinem Finger entfernte. Denn es wurde allgemein behauptet, dadurch vor zukünftigen feindlichen Kugeln sicher zu sein. Paumgartner glaubte zwar nicht an diesen Zauber, trug den Ring aber trotzdem. Und seither sind die Kugeln wirklich alle an ihm vorbeigeflogen.

Zwei Tage später setzten sich fast hundert berittene Männer in Bewegung, mit Schild, Schwert und Lanze ausgerüstete Reiter, Armbrust- und Musketenschützen sowie Gehilfen, die die Aufgabe hatten, die Kämpfenden zu versorgen. Diese Männer wurden vom Kriegsherren entweder direkt oder über Söldnerführer für eine bestimmte Zeit in den Dienst genommen. Zusätzlich zum Sold, der zur Hälfte bei Beginn des Dienstverhältnisses ausbezahlt wurde, erhielten die Soldaten Brot und Wein, die übrige Kost mussten sie sich selbst beschaffen.

An der Spitze der Söldnertruppe ritten Bodo von Schernberg und Jörg Paumgartner. Noch am selben Abend trafen sie unterhalb des Pass Lueg ein und schlugen ihr Lager auf.

10

Vor und hinter dem Pass Lueg lagerten Händler und Geschäftsreisende, denen die Reise über den Pass von den Aufständischen ohne Angabe von Gründen verwehrt worden war. Sie drohten, den Bauern ganze Armeen aus Österreich, Bayern und dem gesamten Heiligen Römischen Reich auf den Hals zu hetzen. Denn sie alle hätten, so behaupteteten sie, hervorragende Beziehungen zu den politischen Größen nördlich und südlich der Alpen, Beziehungen, die ihnen hier oben am Pass Lueg allerdings nichts nützten. Einer sagte voll Stolz, er sei aus der engsten Familie des Salzburger Erzbischofs. Sein Fehler wurde ihm erst bewusst, als ihn ein paar Männer packten, auszogen und unter dem Gelächter der anderen davonjagten.
Inmitten dieser Unzufriedenen vor und hinter dem Pass war auch eine Frau aus Augsburg in Bayern. Sie fuhr mit ihrem Pferdewagen durch die Länder nördlich der Alpen, bezeichnete sich als Geschäftsfrau und war eine Hausiererin, die alles Brauchbare und Unbrauchbare, das sie auf ihren Reisen fand, kaufte und wieder verkaufte. Das heißt, sie versuchte, mehr zu nehmen, als sie kaufte und mehr zu verkaufen, als sie gab. Von Hausrat über Kleidungsstücke bis zu Schnäpsen und Pulvern gegen alle erdenklichen Krankheiten hatte sie einiges in ihrem Wagen. Gingen die Geschäfte schlecht, bot sie ihre Dienstleistung als Wäscherin und Köchin für andere an. Und ihre Geschäfte gingen meistens schlecht, sodass sie ihre Tätigkeiten mehr und mehr auf das Dienstleistungsgewerbe verlegte. Dass sie im Rahmen dieses Dienstleistungsgewerbes mitunter auch ihren Körper anbot, lag in der Natur ihrer bescheidenen Möglichkeiten. Jeder musste sich den Lebensunterhalt auf seine Art verdienen,

so auch sie. Bei Bedarf arbeitete sie sogar als Wahrsagerin und Wunderheilerin, ohne eine Ahnung davon zu haben. Sie war fast dreißig Jahre auf einer Welt, die ihr nicht viel mehr zu bieten hatte als die Straße, die auf der einen Seite in einen Ort hinein führte und auf der anderen Seite wieder hinaus. Wollte sie einmal länger an einem Ort bleiben, so sorgten seine Bewohner schon rechtzeitig dafür, dass sie den schnellsten Weg hinaus fand. Sie war eine von draußen, eine von den anderen, immer unterwegs, seit sie von ihrem Vater, einem Augsburger Viehhändler, davongelaufen war, der seiner heranwachsenden Tochter näher gekommen war, als es einem Vater zustand. Ihre späteren Beziehungen zu Männern gingen meist nicht über das Körperliche hinaus. Sie war mehrmals schwanger, doch verlor sie ihr Kind immer an einem Straßenrand oder in einem Wald zwischen Holzholen und Wäschewaschen, noch bevor es geboren wurde. In ihrem Gesicht spiegelte sich das ganze Leben einer Frau, die nichts wollte als den Teil vom angenehmen Leben, der von Gott für sie vorgesehen war. Denn es musste auch noch etwas anderes geben als die Kälte, den Staub, den Hunger und das Keuchen eines Liebhabers. So fuhr sie herum, auf der Suche nach einem unbekannten Ziel, das sich, je näher sie ihm kam, umso weiter von ihr entfernte. Sie hatte Spuren ehemaliger Schönheit an sich und ein Mundwerk, das in dieser Gebirgsgegend selten war.

Vor kurzem hatte sie von Venedig gehört und von den lukrativen Handelsbeziehungen, die die Geschäftleute aus dem Norden mit dieser Stadt unterhielten. Dort wollte sie unbedingt hin, und nun stand sie auf ihrem Weg in den Süden vor einem hartnäckigen Leonhard Pfeiffenberger, der ihr zu verstehen gab, dass es über den

Pass Lueg kein Durchkommen gab, für sie nicht und auch nicht für andere. Denn man befand sich im Kriegszustand.
«Deinen Kriegszustand kannst dir in die Haare schmieren! Ich bin nicht den ganzen Weg von Augsburg hierher gefahren, um mir von einem dahergelaufenen Halbaffen sagen zu lassen, dass ich mich wieder dorthin schleichen soll, wo ich daheim bin!»
«Mir wurscht», sagte Pfeiffenberger.
«Ja, da schau her! Ihr glaubt wohl, weil man euch ein Gewand anzogen und ein paar rostige Sensen in die Hände gedrückt hat, könnt ihr euch da aufpudeln.»
«Halt endlich dein Maul!», sagte Hans Daucher, der daneben stand, und Pfeiffenberger lachte.
«Mit so einem jungen Gemüse red ich überhaupt nicht. Wisch dir erst einmal die Eierschalen hinter den Ohren weg», sagte sie zu Daucher und wandte sich wieder Pfeiffenberger zu: «Lach nicht so saudumm, wenn ich mit dir red. Wie heißt denn du überhaupt?»
«Ich heiße Leonhard», antwortete Pfeiffenberger, «und du?»
«Ich nicht.» Sie begann aus vollem Herzen über Pfeiffenberger zu lachen, der sich von ihr ziemlich zum Narren gehalten fühlte. Sie wollte gerade weiter reden, als einer, der auf dem Felsen über ihnen Ausschau hielt, hinunter schrie: «Landsknechte kommen, haufenweise Landsknechte!»
«Wie viele?», fragte Pfeiffenberger.
«Ein Haufen!»
«Was für ein Haufen?»
«Ein ziemlicher Haufen!» Der Mann konnte höchstens bis drei zählen. Pfeiffenberger ging zu ihm hinauf. Er sah an die hundert Männer, die sich in einer Staubwolke von Norden her zum Pass Lueg bewegten.

Die Händlerin aus Augsburg deutete nach Norden. «Und ich soll jetzt zu denen da gehen, dass die da was weiß ich alles mit mir anstellen. Das könnt ihr doch von einer armen, wehrlosen Frau nicht verlangen!», rief sie zu Pfeiffenberger hinauf. Und Pfeiffenberger ordnete an: «In Gottes Namen, lasst sie durch, damit endlich eine Ruh ist!»
Sie stieg auf ihren Wagen, trieb das Pferd an und überquerte als einzige an diesem Tag den Pass Lueg. Das wäre wohl das erste Mal im Leben gewesen, dass ich meinen Schädel nicht durchgesetzt hätte, dachte sie und belog sich dabei selbst. Denn eigentlich war sie eine, die ihren Schädel immer wieder für andere hinzuhalten hatte.

«Sie haben den Pass besetzt», sagte ein Landsknecht.
«Das hab ich mir ja gleich gedacht. Das kann sich hinziehen», meinte Paumgartner in aller Ruhe. Je länger ein Feldzug dauerte, desto höher wurde der Sold.
«Bei Sonnenaufgang greifen wir an», sagte Schernberg.
Paumgartner verzog seinen Mund: «Zuerst müssen wir den Feind auskundschaften. Was ist, wenn die oben am Pass Fallen vorbereitet haben?»
«Ich kenne doch diese Bauerntrotteln. Die sind dumm und unbewaffnet. Was sollen die mit ein paar Dreschflegeln gegen unsere Lanzen und Musketen ausrichten?»
Schernbergs Zorn und seine Wut ließen ihn jedes Nachdenken über einen Plan vergessen. Er wollte die Sache sofort erledigen. «Morgen früh habe ich gesagt, morgen früh greifen wir an. So will ich es. So will es unser Erzbischof. Und so will es Gott.»
«Was weiß schon der Mensch, was Gott will», sagte Paumgartner. Er hätte lieber noch abgewartet, doch Schernberg war der Befehlshaber des Feldzuges, dem er sich fügen musste. Missmutig ging er zu seinen

Männern, um die nötigen Vorbereitungen für den Angriff zu treffen.

Leonhard Pfeiffenberger und Hans Daucher verbrachten die Nacht auf den Felsen. Auf der anderen Seite der Schlucht stand Ulrich Dienstl.

«Sie kommen!», schrie Daucher. Von drüben hörte man zwei kurze Pfiffe. Das war das vereinbarte Zeichen, sich für die Verteidigung des Passes bereitzuhalten. Pfeiffenberger, der noch einmal kurz eingeschlafen war, wachte auf. Nun sah auch er die Soldaten in die Schlucht marschieren. Er wartete auf das Kommando, das Seil durchzuschneiden, das die Holzbalken zusammenhielt, hinter denen die Felsbrocken angesammelt worden waren. Vier solche Haufen hatten sie vorbereitet, zwei an jeder Seite der Schlucht. Pfeiffenberger wartete auf Dienstls Kommando, als ihn jemand von hinten an seiner Jacke zupfte. Er drehte sich um und sah die Augsburgerin.

«Du wolltest meinen Namen wissen. Ich heiße Agnes.»

«Lass mich jetzt in Ruh! Siehst eh, was da unten los ist.»

Agnes hörte nicht auf: «Ich heiße Agnes, weil ich an dem Tag auf die Welt gekommen bin, an dem sie die arme Agnes Bernauerin ermordet haben.»

Pfeiffenberger hörte nicht hin und sah zu den Reitern hinunter, die sich vorsichtig in der Schlucht verteilten. Schernberg ritt ihnen mit acht Männern voran, dahinter folgten Paumgartner und seine Landsknechte.

«Am zwölften Oktober ist sie gestorben. Was ist das für ein Tag?»

«Keine Ahnung.»

«Mein Geburtstag. Du passt ja überhaupt nicht auf, wenn ich mit dir red.»

«Sei vernünftig und gib endlich eine Ruh!», sagte Pfeiffenberger gereizt.

«Vernünftig, ha! Die Agnes Bernauer ist an der Vernunft armselig zu Grunde gegangen. Sie war die wunderschöne Tochter von einem einfachen Bader aus Augsburg. Und der Herzog Albrecht hat sie heimlich geheiratet, weil sich die zwei so gern gehabt haben. Dem sein Vater hat ordentlich getobt, das kannst du dir vorstellen. Schließlich wollte der seinen Sohn nicht mit irgendeiner Badertochter verheiraten, sondern mindestens mit einer Prinzessin. Weißt doch eh, wie die sind, diese Fürsten und Herzöge. Aber gegen die Liebe ist sogar die Vernunft machtlos.»

Pfeiffenberger wollte weghören, kam aber nicht umhin, die paar Worte «Liebe, Vernunft und machtlos» aufzuschnappen. Dabei fiel ihm die Katharina aus Taxenbach im Pinzgau ein, mit der er so gern ein Paar geworden wäre, wenn sich ihr Vater nicht so gegen ihn gewehrt hätte. Und all das wegen der Vernunft, die sich gegen den mittellosen Sauschneider verschworen hatte.

Dienstl schrie. Das war das Zeichen, die Seile zu kappen und die Steine in die Schlucht sausen zu lassen. Pfeiffenbergers Gedanken jedoch gehörten noch immer seiner vergangenen Liebe in Taxenbach. Er blickte zu Agnes und merkte, wie sehr sie seiner Katharina ähnlich sah. Ein paar blonde Haarsträhnen fielen ihr ins Gesicht. Die Steine sausten mit voller Wucht auf Schernberg, Paumgartner und seine Leute. Mehr als zwanzig von ihnen waren sofort tot oder schwer verletzt. Die anderen stürmten nach vorn, da hinter ihnen noch immer Steine in die Schlucht fielen und ihnen den Rückweg abschnitten.

«Weil der Herzog Albrecht unbedingt bei der schönen Bernauerin bleiben wollte, hat sie sein Vater entführt und als Hexe in der Donau ertränken lassen. Gefesselt haben sie die Agnes von der Brücke in die Donau geschmissen. Aber der Agnes ist es gelungen, ihre

Fesseln loszuwerden und ans Ufer zu schwimmen.»
«Pfeiffenberger!», schrie Dienstl von der anderen Seite herüber. Aber Pfeiffenberger hörte nur, was ihm Agnes erzählte.
«Um ihr nacktes Leben hat sie gebettelt. Der Henker hat sie trotzdem gepackt und mit einer Stange so lang unter Wasser gehalten, bis sie ganz ersoffen ist.»
Die Landsknechte wollten sich zum Pass vorkämpfen, wurden aber von den Bauern zurückgeworfen. Nach Süden war ihnen der Weg durch die kämpfende Übermacht der Aufständischen versperrt. Nun versuchten sie, aus der Schlucht wieder dorthin zu fliehen, von wo sie gekommen waren, über das Geröll, das vorhin nach unten gedonnert war.
«Pfeiffenberger!», schrie nun auch Hans Daucher. «Der Strick!»
Pfeiffenberger dachte an die gefesselte Bernauerin. Was treibt einen Menschen dazu, sich über andere zu erheben? Wer gibt ihnen das Recht, sich über Gott zu stellen?
«So eine arme Frau», sagte er leise.
«Jetzt tu doch endlich was!», sagte Agnes, nahm Pfeiffenberger das Messer aus der Hand und schnitt das Seil durch. Da rollte auch noch der letzte Haufen Felsbrocken in das Tal und traf die Mehrzahl der Männer, die nun zurückdrängten. Nur wenigen von ihnen gelang es, aus der Schlucht zu entkommen. Die meisten waren entweder erschlagen oder so schwer verwundet, dass sie sich nicht mehr bewegen konnten.
«Und der Herzog Albrecht hat schon ein Jahr später die Anna von Braunschweig geheiratet. So hat es sein Vater von Anfang an gewollt. Denn so war es vernünftig für den Buben und für ganz Bayern. Die Vernunft ist ein Hund, sag ich dir.»

Auf beiden Seiten der Schlucht erhob sich ein lautes Gejohle. Die Landsknechte waren vernichtend geschlagen worden. Hans Daucher kletterte zu Pfeiffenberger: «Dass du die Steine erst später hinunterlassen hast als wir, war ganz schön gescheit.»
«Denen haben wir es gegeben!», rief Agnes und umarmte Pfeiffenberger. «Die trauen sich so schnell nimmer da durch!» Von unten herauf hörte man immer wieder: «Wir haben gewonnen! Die Berge gehören uns!»
«Ja», sagte Pfeiffenberger zu Agnes, «wir zwei haben gewonnen.» Er drückte Agnes an sich, küsste sie immer wieder, freute sich über das gewonnene Glück und begriff, dass er auf das, was ihm bisher gefehlt hatte, nicht mehr verzichten müsste.

Die nachrückenden Bauern töteten jeden, der unter den Steinen noch ein Lebenszeichen von sich gab. Paumgartner lag mit einem Bein eingequetscht wehrlos unter einem Felsbrocken. So sehr er sich auch bemühte, den Stein von seinem Bein wegzuschieben, es gelang ihm nicht. Er machte sich schon ernsthaft Gedanken darüber, sich nach Einbruch der Dunkelheit mit seinem Messer das Bein abzuschneiden, um wenigstens noch rechtzeitig davon humpeln zu können, bevor ihn einer der Bauern in seiner wehrlosen Lage entdecken würde. Einbeinig durchs Leben zu humpeln war immer noch besser als gar nicht zu leben, dachte er. Ein junger Holzknecht aus Sankt Veit, den sie wegen seiner roten Haare den Gfuchsten nannten, lief an ihm vorbei. Von einem Geräusch aufgeschreckt drehte er sich um, kam zurück und stellte sich neben Paumgartner. Er hob einen Spieß vom Boden auf und setzte die Spitze an Paumgartners Brust. «Einen schönen Gruß an den Teufel», sagte er. Als er zustach, kam es Paumgartner vor, in einer

Badewanne zu sitzen und entspannt im warmen Wasser zu versinken. Die dicke Edeltraud saß ihm gegenüber, die in rotsamtenen Rosen eingestickten Mäusezähne auf ihrem Kopfschmuck bewegten sich und wurden langsam größer, erst so groß wie Muscheln, dann so groß wie Schaufeln. Sie kamen näher und näher, wurden zu riesigen Augen und fraßen sich in sein Gesicht.
Schernberg schrie wie am Spieß, als man sein rechtes Auge behandelte. Ein Steinsplitter hatte es getroffen. Wahrscheinlich würde man das Auge entfernen müssen. Doch das sollte ein Bader in Salzburg entscheiden. Ein Landsknecht saß neben ihm und starrte die kalkgraue Wand des Tennengebirges an. Keiner hatte mit so einer gewaltigen Übermacht des Feindes gerechnet.
«Da ist kein Durchkommen. Dabei haben wir diesem Trottel von Schernberg gleich gesagt, er soll noch warten. Der Paumgartner hätte nicht auf ihn hören sollen.»
Die Habseligkeiten der gefallenen Kameraden wurden unter den Überlebenden aufgeteilt. Man brach das Lager ab, verfrachtete den stöhnenden Schernberg mit ein paar anderen Verwundeten auf einen Wagen und zog wieder nach Norden. Ein heißer Tag ging zu Ende.

Kardinalfürsterzbischof Burkhard von Weißpriach sagte nichts, als man ihm die Nachricht von der Niederlage seiner Soldaten überbrachte. «Die sind imstande und ziehen nach Salzburg», fürchtete sich Graf Laun, ein Herr aus alteingesessenem Salzburger Adel. «Und dann Gnade uns Gott. Auch am Kniepass im Pinzgau ist kein Durchkommen. Es gibt keinen freien Weg mehr nach Süden. Der gesamte Pongau und der Pinzgau sind in den Händen dieser Bauern. Sie besetzen unsere Burgen und verjagen unsere Leute. Es ist furchtbar! Wir brauchen mehr Soldaten, viel mehr Soldaten.»

«Was das wieder kosten wird! Und all das wegen nichts und wieder nichts, wegen einer plötzlichen Laune von ein paar Halbwilden!», seufzte Burkhard. Dann griff er nach dem Holzsplitter des Heiligen Kreuzes, den er tagsüber immer unter dem Gewand auf seiner Haut trug, umfasste ihn und begann leise vor sich hin zu beten, während sich Graf Laun lautstark entfernte.

11

«Na endlich, Fröschlmoser!», begann der Erzbischof. Bernhard von Rohr stand mit ehrlich besorgtem Gesicht daneben. Die beiden geistlichen Herren hatten Fröschlmoser rufen lassen, um ihn aufzufordern, sie im Kampf gegen die Aufständischen zu unterstützen. Von der Abriegelung der Handelswege in den Süden waren vor allem die Geschäftsverbindungen mit der Republik Venedig schwer betroffen. Einer, der am meisten darunter litt, war sicherlich der Fuhrunternehmer Virgil Fröschlmoser. Er hatte sich bereits ausgerechnet, wie hoch sein täglicher Verdienstentgang seit Beginn der Unruhen war. Und er wurde von Tag zu Tag höher.

«Ich will es kurz machen, Fröschlmoser», begann der Erzbischof wieder. Da er auf die Anrede «lieber Fröschlmoser» verzichtete, war klar, dass es heute nicht um eine Bitte, sondern um eine Forderung ging.

«Er hat von dem kleinen Missgeschick im Gebirge gehört?», fragte Bernhard von Rohr.

«Natürlich», antwortete Fröschlmoser. «Hochwürdige geistliche Herren, ich würde Euch doch untertänigst bitten, die Sicherheit auf den Straßen unseres Landes schnellstens wieder herzustellen. Wozu bezahlen wir schließlich unsere Steuern?»

«Wir sind eifrigst damit beschäftigt», sagte Burkhard. «Jedoch ohne die Hilfe der Salzburger Geschäftswelt könnte sich die Sache unnötig hinziehen.»

«Unsere Soldaten sind geschlagen», mischte sich der Dompropst ein, «und für weiteres Kriegsvolk fehlt einfach das Geld. So einfach ist das.»

Fröschlmoser wurde unruhig: «Es ist mir natürlich völlig klar, dass wir in solchen Zeiten alle zusammenhalten müssen.»

«Könnte er sich vorstellen, uns mit einem Kredit von, sagen wir, tausend Gulden unter die Arme zu greifen?», fragte der Erzbischof.
«Tausend Gulden! Wann?»
«Sofort. Jeder Tag bringt weitere unnötige Scherereien. Und ich garantiere ihm, lieber Fröschlmoser, in einer Woche sind die Wege wieder frei.» Nun kam es also doch noch, dieses «lieber Fröschlmoser».
«Fast hätten wir vergessen», fügte Bernhard von Rohr noch dazu, «der Kredit ist natürlich ausnahmsweise zinsenfrei, sozusagen als ein bescheidener Beitrag zur Wiederherstellung der Ordnung, die ja auch in seinem Interesse liegt.»
Fröschlmoser überlegte kurz hin und her, musste aber letztlich zustimmen, wollte er nicht noch mehr Verluste machen. Südlich des Pass Lueg sammelte sich bereits eine Menge verschiedener teurer Waren, die unbedingt nach Salzburg transportiert werden mussten und die er nicht noch länger in dieser unsicheren Gegend lassen wollte. Es war das erste Mal, dass er einen zinsenfreien Kredit gewährte, doch er hatte keine Wahl.
«Was ist mit Burg Werfen?», fragte er.
«Lächerlich», antwortete Burkhard, «die paar Soldaten dort sind von dem Bauerngesindel umzingelt und müssen froh sein, wenn sie nicht ausgehungert werden.»
«Wir hätten die Burg doch mit mehr Soldaten ausrüsten sollen», sagte Bernhard.
«Wir hätten! Wir hätten! Was nützt uns das jetzt!» Burkhard ärgerte sich über diese unsinnige Bemerkung seines Dompropstes und wandte sich wieder Fröschlmoser zu: «Was macht der Bau der Wasserleitung?» Er wusste, dass der Abt von Sankt Peter weiter versuchte, dagegen Widerstand zu leisten, was ihm nicht unrecht war, da sich der Abt dadurch mit einer lästigen

Kleinigkeit beschäftigen musste und sich weniger als sonst in die Geschäfte des Erzbischofs einmischen konnte. «Trotz der bekannten Widerstände schreitet der Bau voran», log Fröschlmoser. Und als er sich nach kurzen Ehrbezeugungen von den beiden geistlichen Herren verabschiedete, dachte er nur noch daran, die heutige Niederlage so bald wie möglich in einen Sieg umzuwandeln. Man hat einen zinsenfreien Kredit von ihm erpresst, das konnte er nicht auf sich sitzen lassen.
«Mit tausend Gulden können wir eine hübsche kleine Armee ausrüsten», sagte Bernhard. Burkhard öffnete eine Flasche Rotwein und schenkte zwei Gläser ein. «Aber Bernhard, wer spricht denn von Krieg. Sobald das Geld eingetroffen ist, werde ich diese Bauern an den Verhandlungstisch bitten. Wir wollen doch jedes Blutvergießen verhindern. Das sind wir unserem Land und auch unserem Gott schuldig. Das Geld kann für etwas anderes sicherlich vernünftiger verwendet werden. Auf dein Wohl!» Die Herren erhoben ihr Glas und tranken den fast schwarzen Wein in einem Zug aus.
So fröhlich sah man den Erzbischof schon lange nicht mehr. Und sogar Bernhard von Rohr hatte heute fast so eine herzliche Vertrautheit zu ihm wie vor vielen Jahren als junger Student im Benediktinerkloster in Wien.
«Höchste Zeit, dass der Weg nach Süden wieder frei wird. Meine Weinbestände gehen bald zur Neige. Ein Teil meiner Dienerschaft beginnt schon zu klagen», lächelte Bernhard und fuhr sich mit dem Handrücken über den Mund. Burkhard wurde schlagartig ernst. Aber auch diese Anspielung des Dompropstes auf den weiblichen Teil seiner Dienerschaft konnte ihm die Freude über die leicht gewonnenen tausend Gulden nicht verübeln.

12

«Dieses aufständische, aufrührerische Gesindel sagt, wir Menschen stammen von Adam und Eva ab. Das ist richtig. Es sagt weiter, Adam und Eva sind gleich, denn es gibt keinen Herrn über ihnen außer Gott. Das ist auch richtig. Also sind auch ihre Kinder gleich. Und das ist falsch!» Der Pfarrer von Sankt Johann, ein Mann mit schwarzen Haaren, die ihren Ansatz fast an den Augenbrauen hatten, stand auf der Kanzel seiner Kirche und predigte.

«Eines der vielen Kindeskinder von Adam und Eva ist der gute Vater Noah, der nach der alles verschlingenden Sintflut mit seiner Arche auf dem Berg Ararat landet, Bauer wird und Wein anpflanzt. Er ist der Begründer unseres neuen Menschengeschlechts. So steht es geschrieben. Und weiter steht geschrieben: Die drei Söhne Noahs heißen Cham, Sem und Japhet. Eines Tages findet Cham seinen Vater betrunken schlafend auf einer Bank. Sein Gewand hat sich ein wenig verschoben. Cham hat nichts Eiligeres zu tun, als seine Brüder zu rufen und ihnen die entblößten Geschlechtsteile seines Vaters zu zeigen. Die beiden anderen Söhne Sem und Japhet jedoch wenden angewidert ihr Gesicht ab und breiten das Gewand über den Vater. Als Noah kurze Zeit später erwacht und erfährt, was vorgefallen ist, verflucht er Cham und seine gesamte Nachkommenschaft. Von nun an bleiben die Nachkommen Chams, auf denen die Schuld der Verfehlung und der Fluch Noahs ruhen, den Nachkommen Sems und Japhet auf ewige Zeit untergeordnet. Und diesen Nachkommen des sündigen Cham ist es seither aufgetragen, Bauern zu sein. Die Nachkommen Sems und Japhets jedoch sind Edelleute geworden. So steht es in der Bibel, so ist es richtig.»

Der Pfarrer legte eine Pause ein, um seinen Worten das nötige Gewicht zu geben. Die Gläubigen starrten ihn an. Nun stützte er sich mit den Händen auf den Rand der Kanzel: «Was bedeutet das für uns? Nun gut. Noahs Sohn Cham hat Sünde auf sich geladen, und obgleich die Erbsünde durch die Gnade Gottes in der Taufe allen Gläubigen genommen ist, hat der gerechte Gott das Leben der Menschen so unterschieden, dass er die einen zu Knechten macht, die anderen zu Herren, damit diese Herren darüber wachen, dass die Knechte nicht noch weiteren Frevel und Sünde begehen. Somit hat also unser allmächtiger, gerechter Gott einem Teil des Menschengeschlechts die unveränderliche Strafe der Knechtschaft auferlegt. Und nun will ein aufrührerisches, ketzerisches Gesindel diese Knechtschaft ablegen? Das geht nicht! Denn das ist gegen den Willen Gottes! Das ist Sünde! Todsünde!» Er schrie fast, machte wieder eine Pause und wurde freundlicher.
«Doch ich sage euch, dass die Knechte, sofern sie ein unterwürfiges, gehorsames, also ein gottgefälliges Leben führen, am jüngsten Tage zu freien, frommen und freudigen Seelen erhöht werden und als Könige und Edelleute auferstehen. Doch wenn sie jetzt aufbegehren, so werden sie ihr ewiges Leben in der Hölle verbringen, wo es ihnen noch tausendmal schlechter ergehen möge als in ihrem jetzigen Leben. Das verspreche ich euch im Namen unseres Herrn. Amen.»
Von draußen drang Geschrei in die Kirche und wuchs zu einem immer stärkeren Lärm, in dem die letzten Worte des Pfarrers untergingen. Die Gläubigen wurden unruhig. Der Knecht vom Brandlehen stand auf, kaute wie immer vor sich hin, ohne etwas im Mund zu haben, und ging hinaus. Einer nach dem anderen verließ nun seinen Platz. Der Pfarrer redete weiter, doch man hörte ihn

nicht mehr. Dienstl, Daucher und Pfeiffenberger waren mit einigen Leuten nach Sankt Johann gekommen, um ihren großen Sieg zu feiern und sich selbst als große Sieger feiern zu lassen. Einen Tag zuvor war ein Bote des Erzbischofs bei ihnen am Pass Lueg eingetroffen, der ihnen mitteilte, der Erzbischof sei zu Verhandlungen bereit. Als Bestätigung händigte er ihnen einen versiegelten Brief aus. Diesen Brief brachten sie nun ins Wirtshaus zu Mausrieml.
«Unser hochwürdiger Fürst», fasste Mausrieml den Brief zusammen, «fordert uns auf, unsere Beschwerden in einem Schreiben vorzubringen. Er will diese Beschwerden prüfen und am Tag der Maria Magdalena in Salzburg mit uns darüber verhandeln.»
«Wann ist das?», fragte der Grabenbauer.
«Am zweiundzwanzigsten Juli», antwortete Mausrieml. «Als Vermittler zwischen dem Landesfürsten und den Untertanen kommt ein hoher Herr angereist, der Herzog Ludwig von Niederbayern-Landshut.»
«Wir brauchen keinen Fremden», schimpfte Daucher, aber Mausrieml beruhigte ihn: «Ein Vermittler ist oft nicht schlecht, weil er auf keiner Seite steht.»
«Auf keiner Seite! Dass ich nicht lache! Dieser Niederbayer ist sicher aus der selben Sippschaft wie der Weißpriacher. Die halten doch alle zusammen.»
«Beruhig dich wieder», sagte Pfeiffenberger zu Daucher, «das kann uns doch wurscht sein. Hauptsache, wir können endlich sagen, was wir wollen. Und nachgeben werden wir sowieso nicht.»
Mausrieml berichtete weiter: «Wir sollen fünf Vertreter unserer Sache nach Salzburg schicken, dieser Brief gibt ihnen freies Geleit.»
«Und wenn das eine Falle ist?», fragte der Grabenbauer.
«Glaub ich nicht», sagte Dienstl.

«Wir werden dem Erzbischof hundert Männer schicken», sagte Daucher. Hundert erschienen den anderen zu viel, aber mit ungefähr fünfzig Männern als Begleitschutz war jeder einverstanden. Man bestimmte fünf Männer, die das Beschwerdeschreiben an den Erzbischof verfassen und am zweiundzwanzigsten Juli als Verhandler nach Salzburg reisen sollten: Dienstl, Daucher, Pfeiffenberger, Mausrieml und der Grabenbauer.

Am Abend feierten sie auf dem Marktplatz von Sankt Johann. Mausrieml spielte auf einer Schalmei. Ein junger Mann aus Wagrain verkleidete sich als Erzbischof Burkhard, schritt würdig durch die Menge und segnete sie unter großem Gelächter. Die Stimmung erreichte ihren Höhepunkt, als sich der Erzbischofdarsteller vor Dienstl und Daucher stellte, vor den beiden zu jammern und zu klagen begann, sich für seine Taten, die natürlich als Schandtaten dargebracht wurden, entschuldigte, sich auf den Boden warf und im Staub hin und her wälzte, bis sich seine weiße Kutte im Dreck graubraun färbte. Jedem war klar, was das alles zu bedeuten hatte, nur der Polhammer Schorsch, der aus Schwarzach gekommen war, um die Helden des Pass Lueg zu sehen, meinte verdattert: «Was ist denn das für ein Lapp?»
Pfeiffenberger war mit Agnes beschäftigt, die ihm immer wieder von der Agnes Bernauer erzählte, an deren Sterbetag sie das Licht der Welt erblickt hatte. Diese Geschichte war schon weitgehend bekannt, denn auch auf dem Weg vom Pass Lueg nach Sankt Johann redete sie von fast nichts anderem.
«Hast du manchmal an mich gedacht?», fragte Hans Daucher die neben ihm stehende Elisabeth.
«An dich hab ich gedacht, an den Ulrich, an andere auch.»

Was müssen sich die Weiber immer so zieren? Statt dass sie sich gleich zu einem bekennen, der es ernst mit ihnen meint, tun sie so, als würden sich alle Männer um sie reißen? Das soll man aushalten als Mann, noch dazu als verliebter Mann! Dieses Spiel kann einen verrückt machen. Wahrscheinlich tun sie es, weil sie genau wissen, dass es mit solchen Spielereien vorbei ist, wenn sie erst einmal verheiratet sind. So wollen sie vorher noch ausgiebig das ausnützen, wozu es danach keine Gelegenheit mehr gibt. Und wir müssen darunter leiden. Hans Daucher würde sich bei Pfeiffenberger Rat holen, Pfeiffenberger schien ihm der geeignete Mann dafür zu sein, ihm zu erklären, wie man sich bei den Frauen anzustellen hatte.

«Was ist los mit dir?», fragte Hans Daucher hartnäckig weiter. «Magst mich nicht? Weil ich mag dich schon sehr.» Er redete einfach drauf los, wie es ihm Pfeiffenberger geraten hatte. Was sollte denn wirklich passieren?

«Ja schon, Hans, aber wie stellst du dir das vor? Mein Vater wird nie erlauben, dass ich die Frau von einem Bauern werde.»

«Dein Vater, dein Vater! Und was ist mit deinem Gespür? Zählt das gar nicht?», fragte er traurig.

«Wie soll ein Gespür gut sein, wenn alles andere drumherum nicht stimmt», antwortete sie gleichgültig.

«Und der Ulrich, der wär dir schon recht?»

«Der Ulrich, der Ulrich! Was ist der schon? Ein Gerber ohne Gerberei, noch dazu bis über beide Ohren verschuldet. Was hat mir der schon zu bieten?»

Hans wollte nichts mehr davon hören. Er nahm Elisabeth an der Hand und führte sie in die Mitte des Marktplatzes, wo einige Paare zu Mausriemls Tönen zu tanzen versuchten.

Am nächsten Tag setzte Mausrieml im Wirtshaus zum Goldenen Kreuz das Schreiben an den Erzbischof auf. Die beiden wichtigsten Forderungen waren die Herabsetzung der Weihsteuer auf den alten Stand und die Abschaffung des Wechsels im Verhältnis von eins zu drei. Eine Münze des alten Geldes sollte eine Münze des neuen Geldes sein.

«Was noch?», fragte Mausrieml in die Runde.

«Wir wollen neben dem Zehent keine Steuern zahlen», sagte Daucher.

«Und wir wollen nicht mehr wegen jedem Dreck eingesperrt werden. Und die Kosten für die Hinrichtung soll das Gericht zahlen und nicht die Angehörigen vom Hingerichteten.» Mausrieml kam mit dem Schreiben nicht mehr nach. «Und wir wollen», mischte sich nun der Wirt Feiersinger ein, «dass die Pfarrer ihre Pfarrtavernen zusperren. Die schenken dort billigen Wein aus und nehmen uns das Geschäft weg.» Diese Forderung Feiersingers war wohl wichtig, jedoch nicht vorrangig, zumindest nicht für die anderen.

«Und wir wollen uns unseren Pfarrer in Zukunft selber aussuchen.»

«Wir wollen den Mörder Schernberg vor einem Gericht sehen. Und seinen Richter wählen wir uns selber.» Mausrieml schrieb alles auf. Dann versiegelte er den Brief und gab ihn einem Boten, der sich auf den Weg nach Salzburg machte.

«Und ich will endlich wissen, wie die Weiber sind», sagte Hans Daucher zu Pfeiffenberger, als sie aus dem Wirtshaus gingen.

13

«Meine Tochter soll einmal was Ordentliches heiraten, verstehst, einen, der was darstellt, zumindest einen Wirt. Aber ein Beamter oder so was wär mir natürlich noch lieber. Denn sie ist keine, die sich ein Leben lang abschindet. Dafür hab ich sie nicht gemacht. Sie ist das Arbeiten gewöhnt, aber nicht an der Seite von einem Hungerleider.» Alois Feiersinger sah Ulrich Dienstl freundlich, aber bestimmt an. «Weil meine Elisabeth ist in einem Wirtshaus aufgewachsen. Und in einem Wirtshaus hat der Wirt das Sagen, nicht der Gast.» Feiersingers einzige Weisheit war wieder einmal fällig.

«Du und alle andern, ihr werdet euch noch wundern über mich, genau, anschauen werdet ihr euch, von oben bis unten anschauen. Und dann komm ich wieder und hol mir deine Elisabeth. Und froh wirst sein, wenn ich sie nehme.» Dienstl hatte schon ein paar Biere über den Durst getrunken, trotzdem war es ihm so ernst wie schon lange nicht. Der Erfolg am Pass Lueg, die Entschlossenheit seiner Leute und die Bereitschaft des Erzbischofs zu Verhandlungen machten ihn sicher. Es ging um alles oder nichts. Er musste seine Pläne richtig einfädeln und Schritt für Schritt durchziehen. Nur keine großen Fehler mehr machen. Er wollte wieder mit beiden Beinen im Leben stehen, eine ordentliche Arbeit haben, Geld verdienen, heiraten und eine Familie gründen. Dafür schien ihm Elisabeth Feiersinger die richtige. Sie war jung, schön, kräftig und lächelte ihn manchmal an, als ob sie seine geheimen Wünsche schon erraten hätte.

«Mögen muss sie dich schon auch, die Elisabeth. Weil sonst geht gar nichts», sagte der Wirt und kümmerte sich wieder um seine Gäste.

«Jetzt gehn wir schlafen.» Pfeiffenberger gähnte und stieg mit Agnes auf den Heuboden, der sich über dem Stallgebäude des Daucherlehens befand. Draußen begann es leicht zu regnen. Pfeiffenberger und Agnes krochen in das Heu hinein, wickelten sich in eine Decke und hörten den Regentropfen zu, die auf die Schindeln des Daches fielen. Unter ihnen schnauften die Kühe. Pfeiffenberger murmelte noch etwas Unverständliches und schlief ein. Agnes lag mit offenen Augen da. Sie konnte nicht schlafen, weil Pfeiffenberger neben ihr schnarchte. Es sind doch immer die Schnarcher, die als erste einschlafen. Das war eine der grundlegenden Erfahrungen, die sie in ihrem Leben mit Männern gemacht hatte. Sie hielt ihm die Nase zu, dadurch wachte er auf.

«Ist schon morgen?», fragte er.

«Wir haben noch Zeit», sagte Agnes. Pfeiffenberger wollte weiter schlafen, doch Agnes ließ ihn nicht in Ruhe: «Komm, Leonhard, erzähl mir was!»

«Was denn?»

«Erzähl mir was von dir!» Pfeiffenberger rührte sich nicht. Agnes murmelte etwas und stieß ihm mehrmals mit dem Ellbogen in die Seite.

«Von mir aus», sagte er endlich, «du gibst ja sowieso keine Ruhe.»

Leonhard Pfeiffenberger kam in der Nähe von Moosham im Lungau als lediges Kind zur Welt. Sein Vater war Knecht, seine Mutter Magd. Da ein lediges Kind immer Eigentum des Erzbischofs war, konnte man mit ihm tun und lassen, was man wollte. Schon bald wurde er seiner Mutter weggenommen und als billige Arbeitskraft zu einem Bauern gesteckt. Er bekam wenig zu essen, wenig anzuziehen und musste bei den Tieren im Stall schlafen. Jeden Abend musste er den Bauern um Schläge bitten und wurde geschlagen. Es war gleich, ob und warum er die Schläge bekam, der Bauer war der Meinung, er verdiente sie. Er war immer hungrig und müde, so müde, dass er die Schläge oft gar nicht mehr spürte. Er hatte keinen Namen, sie sagten «Bub» zu ihm oder einfach nur «der da». Als er zwölf Jahre alt war, kam wieder einmal der Sauschneider auf den Hof. Diesmal hatte er einen Wagen dabei, mit dem er in die Steiermark reisen wollte. Leonhard Pfeiffenberger kletterte auf den Wagen des Sauschneiders, versteckte sich dort und fuhr mit ihm aus dem Dorf hinaus. Als ihn der Sauschneider später fand, verprügelte er ihn und wollte ihn zurück nach Hause schicken. Doch da sie schon viel zu weit entfernt waren, erlaubte er ihm schließlich, bei ihm zu bleiben. Pfeiffenberger wollte alles tun, um nicht wieder dahin zurück zu müssen, von wo er weggelaufen war. Der Sauschneider hieß Valentin Pfeiffenberger, er gab ihm den Namen Leonhard, zeigte ihm die Sauschneiderei, brachte ihm das Lesen und Schreiben bei und gab ihn fortan als seinen Sohn aus.

Eines Tages aber wurde der Sauschneider in der Nähe von Golling von Jägern des Erzbischofs beim Wildern erwischt. Darauf stand die Todesstrafe. Er wurde nach Salzburg gebracht, in eine blutige Hirschhaut eingenäht, wie auf einem Jahrmarkt vorgeführt und den Hunden des Erzbischofs zum Fraß hingeworfen. Zuerst beschnupperten ihn die Hunde, dann zerrten sie an ihm herum, schließlich zerfleischten sie ihn und rissen ihn in Stücke. Ein schwarzer Rottweiler biss ihm den Hals auf. Leonhard Pfeiffenberger wurde von den Knechten des Erzbischofs gezwungen, sich das alles als warnendes Beispiel bis zum Ende anzuschauen. Danach musste er einen Monat lang im Schweinestall des Erzbischofs aushelfen, um die Kosten für die Hinrichtung abzuarbeiten.

«Dein Valentin Pfeiffenberger ist genauso eine arme Haut wie unsere Bernauerin», seufzte Agnes. «Pass ja auf dich auf, wenn du mit denen da oben verhandelst. Denn der niederbayrische Herzog Ludwig, der da vermitteln soll, ist mit denen verwandt, die die Bernauerin umgebracht haben. Verstehst mich? Pass bitte gut auf dich auf! Mir zuliebe.»
Endlich schlief sie ein. Nun konnte Pfeiffenberger nicht mehr schlafen.

«Wie hast geschlafen?», fragte Hans Daucher den neben ihm gehenden Pfeiffenberger.
«Ganz gut», antwortete dieser, «und du?»
«Überhaupt nicht», brummte Daucher, und ohne dass er es wollte, rutschte ihm die Frage heraus: «Leonhard, sag mir, wie sind die Weiber?»
Pfeiffenberger lachte: «Die Weiber, ja, ja, die Weiber.» Dann sagte er nichts mehr. Stumm gingen sie nebeneinander her, und Daucher dachte schon, das war jetzt die endgültige Antwort, als Pfeiffenberger wieder anfing: «Die Weiber, die sind so, dass wir Männer sie niemals verstehen. Wenn wir nämlich endlich einmal glauben, dass wir sie verstehen, ändern sie sich, und wir müssen wieder von vorn anfangen. So geht das ein ganzes Leben lang dahin.»
«Schöne Aussichten», meinte Hans.
«Lass dir Zeit, das wird schon alles werden. Man kann sowieso nichts erzwingen im Leben.»
«Zeit lassen, Zeit lassen! Wie lang denn?»
Pfeiffenberger ging zu einer am Weg stehenden Buche, wo er ein paar Blätter von einem Zweig abriss. «Die Blätter eines Baumes sind ein wenig wie die Menschen. Ihre obere Seite ist dem Wetter ausgesetzt, dem Regen und dem Schnee, sie ist es gewöhnt, viel auszuhalten.

Die untere Seite der Blätter ist die feine, die weiche, die beschützte. Finde bei einer Frau die untere Seite der Blätter, und du wirst sie verstehen.»
Hans Daucher war ziemlich ratlos, ließ es sich aber nicht anmerken. Gegen Abend ereichten sie den Pass Lueg und übernachteten dort. Am nächsten Morgen ging Hans Daucher zum ersten Mal aus der Enge seiner Heimat in eine neue, unbekannte Welt, die sich erstaunlicherweise von der anderen, bekannten nicht besonders unterschied. Er hatte sich die ganze Gegend gewaltiger und imposanter vorgestellt. Flacher war diese Welt, weiter und unendlicher. Die Berge wurden immer niedriger, bald standen nur noch einzelne Hügel, Spitzen und Kuppen herum, so als wären sie vor langer Zeit zufällig und planlos aus dem Himmel hierher gefallen. Gegen Abend kamen sie im Süden der Stadt Salzburg an und schlugen ihr Lager auf.

14

Am Tag der Maria Magdalena, jener von Jesus geheilten Verrückten, die als erste von der Auferstehung erfuhr, damit gerade sie, die geschwätzigste der Frauen, umgehend aller Welt von diesem einmaligen Ereignis erzählen konnte, regnete es. Die Tropfen waren groß und fast ein wenig ölig. Ein Kälteeinbruch Ende Juli kam schon hin und wieder vor, Pfeiffenberger erinnerte sich an einen Schneesturm mitten im Sommer, als er noch ein Kind war, aber dass es heute sogar bis auf die Gipfel der Hügel geschneit hatte, verwunderte doch ein wenig. Sogar auf der mächtigen Festung über der Stadt Salzburg, die jedermann sofort zeigt, dass es vollkommen aussichtslos ist, sich dieser Macht zu widersetzen, lag an diesem Morgen ein wenig Schnee, der jedoch schnell wieder dahinschmolz.

In der Nähe des Schlosses Freisaal stellte man vor der Ankunft der Verhandler aus dem Pongau auf einer Wiese ein behelfsmäßiges Zelt auf, in dem die Verhandlungen stattfinden sollten. Wären sich die zuständigen Herren des Domkapitels eines schönen Wetters sicher gewesen, hätten sie vielleicht darauf verzichtet, nun aber waren sie doch froh, über ihren Köpfen die Zeltplanen zu haben, die neben dem Schutz vor dem Regen dem ganzen Aufwand auch eine Spur von Wichtigkeit gaben. Ein geschlossener Raum kommt dem Besprechen und Verhandeln eben viel mehr entgegen als der freie Himmel. Man redet sich leichter, sitzt mit seinem Gegenüber im selben Käfig und atmet mit ihm dieselbe Luft. Das beschleunigt vielleicht den Weg zu einem gemeinsamen Ziel, besonders wenn man es mit Verhandlungspartnern zu tun hat, die ein Leben im Freien gewöhnt sind und sich nun in der Geschlossenheit der Zeltplanen vielleicht unwohl und eingeschüchtert fühlen. Ursprünglich hatte man vorgesehen, die Verhandlungen in der erzbischöflichen Residenz zu führen, doch vor allem Graf Laun war aus Gründen der Hygiene vehement dagegen, da seiner Meinung nach die reine Atmosphäre in der Residenz durch den Dreck der Gebirgsbewohner empfindlich gestört werden könnte.

Pfeiffenberger, Dienstl, Daucher, Mausrieml und der Grabenbauer gingen in das Zelt und nahmen die ihnen zugewiesenen Plätze ein. Seit Beginn des Aufstandes hatten sie sich die Haare nicht mehr schneiden lassen, die nun schon über die Ohren gewachsen waren und ihnen noch mehr das Aussehen von zu allem entschlossenen Männern geben sollten. Denn nur die edlen Herren durften ihr Haar lang tragen, für die Bauern war es Pflicht, die Haare über den Ohren abzuschneiden. So konnten sie überall als diejenigen erkannt werden, die sie waren: Geschorene.
In Begleitung von bewaffneten Leibwächtern traten drei feierlich gekleidete Männer in das Zelt. Der Herzog Ludwig von Niederbayern-Landshut, der schon bei Burkhards Erhebung zum Kardinal dabei war und seither in der Stadt Salzburg wohnte, wo er sich als Gast ausgesprochen wohl fühlte, schritt in der Mitte. Neben ihm gingen Erzbischof Burkhard von Weißpriach und Graf Laun als Vertreter des Adels im Land. In ihrer Dreieinigkeit erschienen sie fast wie Vater, Sohn und Heiliger Geist, wobei der alte Herzog die Vaterrolle zugewiesen bekäme und Graf Laun mit seinem weißen Federhut, der an eine Taube erinnerte, die des Heiligen Geistes. Der Herzog steckte in einer goldenen Rüstung, von der Regen tropfte, denn die drei Herren hatten einen kurzen Ritt durch den Regen hinter sich. Burkhard hatte sich

sein samtenes Kardinalsgewand angezogen, das den Regen in sich aufsog und unangenehm feucht und schwer auf dem Erzbischof lag. Er war heute etwas gelblicher im Gesicht als sonst, was an seiner Aufgeregtheit und am feuchtkalten Wetter lag. Ein Zusammenspiel dieser beiden Tatsachen wirkte sich fast immer auf seine Gesichtsfarbe aus.

«Der links von dem andern, das ist der Erzbischof Burkhard», flüsterte Pfeiffenberger zu Hans Daucher, und als Mausrieml fragte, wer denn nun der Erzbischof sei, sagte Daucher so laut, dass jeder es hören konnte: «Der Anbrunzte dort mit dem eckigen Hut, das ist er.»

Die Anwesenden knieten vor den drei hohen Herren nieder, und Burkhard begann: «Erhebet euch und danket Gott, der es euch erlaubt hat, hier vor unserem Antlitz zu erscheinen. Wir sind erschüttert über euer Verhalten, über euer Vorgehen gegen die gottgewollte und einzig gerechte Obrigkeit. Ihr seid ein gemeingefährliches, gottloses Lumpengesindel, nicht würdig, mir unter die Augen zu treten. Doch der großmächtige, barmherzige Herzog von Niederbayern-Landshut überzeugte mich nach langem Zögern, mit euch zu verhandeln. Wenn es nach mir gegangen wäre, ich hätte euch ein Heer nach dem anderen geschickt und eure Köpfe, auf Stangen aufgespießt, hierher nach Salzburg schicken lassen.»

Burkhard wurde rot vor Zorn, fast so rot wie sein purpurner Umhang, als er diese armselig gekleideten Bauern vor sich sah, die es gewagt hatten, sich gegen ihn zu stellen. Herzog Ludwig redete beruhigend auf ihn ein. Alles an ihm schien zu reden, sogar der goldene Löwe auf seiner blechernen Brust. Die Anwesenden setzten sich nun. Burkhard griff nach dem Splitter des Heiligen Kreuzes, den er unter seiner Kutte auf der nackten Haut trug. Er umfasste ihn vor allem dann, wenn er besondere

Kraft für bevorstehende Entscheidungen brauchte oder einfach, um sich zu beruhigen. Durch die starren Blicke der Aufständischen und durch ihr hartnäckiges Schweigen verwirrt, packte er den Holzsplitter so krampfhaft mit der Faust, dass er lautlos in zwei Stücke zerbrach. Dieses Missgeschick brachte ihn völlig aus der Fassung. Er kramte an sich herum, was von den anderen auf den dicken, durch den Regen unangenehm feucht gewordenen Mantel zurückgeführt wurde.

In der Nähe des Grafen Laun saß der Grabenbauer. Unentwegt starrte er den Grafen an, denn so einen Mann hatte er noch nie gesehen. Graf Laun trug einen festen, dicken Rock aus hartem Filz, eine gestreifte, eng anliegende Bundhose mit überaus breiten, silberdurchwirkten schwarzen Bändern, blaue Kniestrümpfe und Schnallenschuhe, die in ihrer vogelschnabelähnlichen Form allein schon von der Größe her nicht zu diesem kleinen Mann passten. Entweder hatte er überdurchschnittlich große Füße, oder er wollte zeigen, auf welch großem Fuß er lebte. Doch das war nicht das einzig Großmächtige an ihm. Zwischen seinen Beinen wölbte sich eine Art Schneckengehäuse aus hartem Stoff, das mit goldenen Nieten verziert war. Der Grabenbauer musste immer wieder auf diese Stelle schauen, so sehr zog sie ihn an. Der Kopf des Grafen war klein und passte gut zu seiner Figur, seine Nase jedoch war wiederum zu groß geraten und erinnerte ihn an die Torsäule im Hochkönigsmassiv. Und die Ohren waren eine Landschaft für sich, man hätte an eine Landkarte denken können oder an einen Putzlappen, wie ihn die Kellnerinnen zum Abwischen der Tische verwenden. Auf dem ganzen kleinen Grafen Laun mit den großen Besonderheiten lag ein Hut wie ein beladener Heuwagen, auf dem unzählige weiße Federn wucherten.

Daucher wollte es nicht hinnehmen, hierher gekommen zu sein, um nun von diesem Burkhard gemaßregelt zu werden. Schließlich hatte man diese Herren da oben das Fürchten gelehrt. Er räusperte sich kurz und sprach: «Hochwürdigster Fürst, auch wir, die armen Leute aus dem Gebirge, auch wir sind erschüttert darüber, wie eure Knechte gegen uns vorgehen. Das kann nicht im Sinn unseres allmächtigen und gütigen Gottes sein.»
Nun begann der Herzog zu sprechen. Der Grabenbauer hörte ihn nicht sehr gut, da dieser Graf Laun, der in seiner Nähe saß, aus irgendwelchen Gründen immer wieder husten musste. Seltsamerweise war das kein Husten, das man auf eine Erkältung hätte zurückführen können, sondern ein trockenes, gequältes lautstarkes Ausatmen. Und immer nach einem Hustenanfall des Grafen begann es in seiner Umgebung unangenehm zu riechen. Der Herzog sagte gerade, dass man die ersten beiden Forderungen der Bauern ohne viel Herumreden akzeptierte. Das betraf die Herabsetzung der Weihsteuer auf den früheren Stand und die Abschaffung des Wechsels von drei Pfennigen der alten Münze gegen einen Pfennig der neuen. Im Gegenzug dazu sollten die Bauern die Waffen niederlegen, die Wege wieder frei machen, Zusammenrottungen unterlassen, auf ihre Höfe zurückkehren und die herabgesetzte Weihsteuer umgehend entrichten. Graf Laun hustete wieder. Ein abscheulicher Geruch erfüllte die Luft. Und dann geschah es. Dem Grafen entwich ein übelriechender Wind, dessen begleitendes Geräusch nur der neben ihm sitzende Grabenbauer hören konnte. Daraufhin hustete der Graf besonders heftig. Das war es also, dachte der Grabenbauer, dieser Mensch versucht, das Geräusch seiner Darmwinde durch lautes Husten zu übertönen. Das ist ihm dieses Mal daneben gegangen. Nun begann auch der Graben-

bauer zu husten. Das verwirrte den Grafen, so dass er auf die Übereinstimmung seiner körperlichen Laute nicht mehr aufpasste. Laut und lang kroch es unter ihm heraus. Der Grabenbauer sagte später, dass er sogar sehen konnte, wie es aus dem schneckengehäuseähnlichen Fortsatz zwischen den Beinen des Grafen wie aus einem Kamin herausrauchte. Graf Laun hustete zwar umgehend aus voller Brust, doch allen war nun klar, was es damit auf sich hatte. Man tat so, als wäre nichts geschehen und fuhr mit den Verhandlungen fort. Die weiteren Punkte der Forderungen wie unabhängige Gerichtsbarkeit, freie Wahl des Pfarrers und so weiter wurden nicht erfüllt. Man werde darüber nachdenken und später darauf zurückkommen, sagte der Weißpriacher. Der Grabenbauer konnte nicht mehr anders, als leise in sich hineinzukichern, während Dienstl vorschlug, die Verhandlungsbedingungen anzunehmen, da es sonst wahrscheinlich ein großes Blutvergießen und ein rücksichtsloses Strafgericht gegen die Anführer des Aufstandes geben würde. So aber könnten sie straffrei auf ihre Höfe zurückkehren. Darüber hinaus hatte der Herzog in aller Ruhe von einem marschbereiten, bestens ausgerüsteten bayrischen Heer gesprochen, das jederzeit mit fünftausend Mann von allen Seiten ins Gebirge eindringen könnte. Diese Ankündigung gab wohl allen am meisten zu denken. Der Bestätigungsbrief des Erzbischofs über die Herabsetzung der Weihsteuer und die Abschaffung des Wechsels sollte bis zu Maria Himmelfahrt am fünfzehnten August den Bauern zugestellt werden, sofern sie den Aufstand beilegten. Damit war man schließlich einverstanden.

Graf Laun hustete wieder, der Grabenbauer hustete auch. Es roch nach verdorbenem Fleisch. Die beiden anderen hohen Herren rümpften bei jedem Husten die

Nase und sahen dabei absichtlich vom Grafen weg. Schließlich waren alle heilfroh, den fast schon unerträglich gewordenen Gestank im Zelt zu verlassen und in den Regen hinaus zu gehen. Die Verhandlungen waren früher zu Ende als ursprünglich vorgesehen.

«Ich glaube, wir können zufrieden sein», sagte Mausrieml. «Unsere zwei wichtigsten Forderungen haben wir durchgesetzt.»

«Aber sonst haben wir nichts erreicht», schimpfte Daucher.

«Der Weißpriacher hat uns doch versprochen, die anderen Punkte später zu behandeln. Hast wohl nicht aufgepasst!», sagte Dienstl und ging weg.

Daucher war nicht zufrieden. Es wäre viel mehr rauszuholen gewesen, wenn dieser Dienstl nicht sofort eingelenkt hätte. Wir hätten nicht so leicht nachgeben dürfen. Die Androhung des Bayernherzogs mit seinem gewaltigen Heer war sicherlich eine List. Wir haben schon einmal am Pass Lueg gewonnen, wir könnten es wieder schaffen. Denn die Berge gehören uns. Mit solchen Gedanken ging Hans Daucher durch das Lager und hörte erst auf, darüber nachzudenken, als er mit Pfeiffenberger zusammenstieß.

«Das passt schon alles so, Hans», sagte Pfeiffenberger. «Weißt, was wir zwei jetzt tun? Wir gehen nach Salzburg und schauen uns die Stadt an. Da wirst was erleben.» Und so kam Hans Daucher zum ersten Mal in eine Stadt.

Am Abend ritt ein Bote zu Ulrich Dienstl, ihm mitzuteilen, er möge zum Erzbischof ins Schloss Freisaal kommen. Er überreichte ihm ein Schreiben, das ihm absolute Sicherheit garantierte. Das bestätigte ihm auch Mausrieml, dem Dienstl dieses Schreiben zeigte. «Wenn ich zu

Mitternacht nicht zurück bin, greift ihr das Schloss an», sagte Dienstl zu Mausrieml und ritt mit dem Boten nach Freisaal.
Der Erzbischof war allein im Raum. Vor ihm auf dem Tisch lag der in zwei Teile gebrochene Holzsplitter des Heiligen Kreuzes wie eine zerbrochene Liebe.
«Wir haben ganz vergessen», begann der Erzbischof, «dass wir für die Gegend um Sankt Johann, Sankt Veit und Goldegg einen Pfleger brauchen.»
«Hochwürdigster Fürst», flehte Dienstl, «ich bitte Euch, schickt uns nicht wieder diesen Schernberg.»
Burkhard lächelte: «Ich denke doch nicht an Schernberg, ich denke dabei an ihn.» Dienstl war einigermaßen verwundert. «Er ist gescheit, geschickt und kann mit den Leuten reden. So einen brauche ich. Versteht er mich, Ulrich Dienstl?»
«Das kommt alles sehr überraschend, hochdurchlauchtigster Fürst. Erst kämpft Ihr gegen mich, jetzt soll ich für Euch arbeiten.»
«Wir wollen doch alle nichts anderes, als in Frieden leben. Wer kann diesen Frieden eher sichern als ein Pfleger, der von seinen Leuten geschätzt und anerkannt wird.»
«Aber ich kann doch nicht nach Schernberg gehen und dort Verwalter sein?»
Der Erzbischof winkte ab. «So höre er doch endlich mit diesem Schernberg auf. Die Burg Goldegg steht leer und wartet darauf, bewohnt zu werden. Richte er sich dort ein als erzbischöflicher Pfleger, als mein Verwalter, mein Beamter auf Goldegg. Und sorge er für Recht, für Ordnung und für Frieden. Dass mir nicht noch einmal so ein ungehorsames, gotteslästerliches, grundloses Aufbegehren entbrenne!» Der Blick des Erzbischofs wanderte von Dienstls gesenktem Kopf auf den zerbrochenen

Holzsplitter vor ihm auf dem Tisch. Der Magen drehte sich ihm um, so ärgerte er sich darüber.
Damit hatte Ulrich Dienstl nicht gerechnet. Nun würde doch noch alles gut werden für ihn. Mit seiner Gerberei war nichts mehr zu machen, die konnte er zusperren. Und Elisabeths Vater redete doch erst vor ein paar Tagen davon, dass ihre Tochter nur den kriegen sollte, der ihr etwas zu bieten hatte. Ein Beamter wäre ihm am liebsten, hatte er gesagt.
«Hochwürdigster Fürst, meine Geschäfte gingen schlecht, Schulden hab ich machen müssen, und die kann ich jetzt nicht mehr zurückzahlen. Was wär ich denn für ein Verwalter, der für das Recht zu sorgen hat und selber bis über beide Ohren verschuldet ist?»
«Nenn er mir die Summe», sagte Burkhard.
Dienstl redete nicht lang herum. «Hundert Gulden, Fürst.» Das entsprach dem Jahreslohn von vier Gerbergesellen.
«Ich bezahle ihm die Hälfte der Schulden, Dienstl, und gebe ihm monatlich einen Lohn von vier Gulden.»
Das klang ziemlich großzügig. Der Erzbischof wollte ihn also unbedingt haben. «Einverstanden», sagte Dienstl und wollte sich verabschieden.
«Fast hätte ich es vergessen, Dienstl. So ganz allein wird er vielleicht der Fülle der Aufgaben nicht gewachsen sein. Also werde ich ihm gnädigerweise einen Gehilfen zur Seite stellen, einen meiner Hofbeamten, der des Lesens und Schreibens kundig ist.» Der Erzbischof blickte ihn mitleidig an. «Der wird sich bei ihm melden, sobald er seinen Dienst in Goldegg angetreten hat.»
«Ja», sagte Dienstl, verbeugte sich vor seinem neuen Dienstherren und ging ins Lager zurück. Es regnete noch immer. Der Tag der Maria Magdalena des Jahres 1462 ging so zu Ende, wie er begonnen hatte – kalt.

15

Hans Daucher und Leonhard Pfeiffenberger schritten wie zwei Herren durch das Nonntaltor in die Stadt Salzburg. Dauchers erster Eindruck war, dass es hier laut war, schmutzig und voll. In der Kaigasse gab es kein Durchkommen, Ochsenkarren und einzelne Reiter verstopften die Gasse. Menschen, Tiere und Wagen schienen sich ineinander verkeilt zu haben. Die Leute schimpften aufeinander ein, keiner hatte Zeit, jeder war in Eile. Pfeiffenberger wählte den Weg durch die Pfeifergasse, wo das Gedränge nicht ganz so dicht war. Sie gingen durch die enge Gasse zum Waagplatz. Vor dem Gerichtsgebäude stand eine große Waage, die, so hieß es spöttisch, für Angeklagte aus der unteren Gesellschaftsschicht zufälligerweise immer schwerer wog als für jene aus der oberen. Diese öffentliche Waage diente den Fuhrleuten, die gegen Geld ihre Waren darauf abwiegen konnten. Doch da sie zufällig vor dem Gerichtsgebäude stand, wurde sie zu einem Symbol für Gerechtigkeit. Als sie weiter gingen, sahen sie vor einer Hauswand eine kleine Bretterbühne aufgebaut, auf der zwei Frauen angekettet waren, dem Gespött der Vorbeigehenden ausgesetzt. Jede der beiden Frauen hatte eine eiserne Maske auf dem Kopf, eine geflochtene Schandmaske, die das Gesicht teilweise verdeckte. Die eine Maske hatte die Form eines Drachen, die andere verlief nach vorn zu einer übergroßen Nase aus Blech. Daucher hatte so etwas noch nie gesehen, und Pfeiffenberger erklärte ihm, dass es sich bei der Frau mit dem Drachenkopf um eine zänkische und klatschsüchtige handelte, bei der anderen um eine, die ihre Nase immer in fremde Angelegenheiten steckte. Die öffentliche Zurschaustellung war die Strafe für ihr Verhalten.

«Was es alles gibt», sagte Daucher. An einem Stand mit einer jungen Verkäuferin, die ihn anlächelte, kaufte er ein Stück Brot. Aus einem Hinterhof kam ein Lärm, der sich anhörte wie der sinnlose Streit um Kleinkram. Ein Haufen zerlumpter Menschen drängte sich um ein Fenster, an dem sie einen Teller Suppe und ein Stück Brot bekamen.

«Ausspeisung der Armen!»

«Die Stadt denkt sogar an die Ärmsten», staunte Daucher.

«Die Stadt denkt nur an ihr eigenes Wohl. Diese Ausspeisung macht ein reicher Bürger, der sein Gewissen beruhigen will. Wie heißt es in der Bibel? Eher geht ein Kamel durch ein Nadelöhr, als dass ein Reicher in den Himmel kommt. Um doch eine kleine Möglichkeit zu haben, dass sie in den Himmel kommen, kümmern sich einige Reiche manchmal um die Armen. Wer weiß, vielleicht nützt es was?»

«Den armen Teufeln da nützt es sicher», sagte Hans und wunderte sich über Pfeiffenbergers Wissen.

Durch das kleine Tor neben der Michaelskirche sahen sie den Dom. Daucher blieb der Mund offen, als er durch das Tor schritt. Was ist das für ein gewaltiger Gott, für den man solche Kirchen baut, fragte er sich. Schweigend ging er mit Pfeiffenberger an der Seite des gewaltigen Gebäudes mit den fünf Türmen und den vielen Fenstern entlang. Vor dem Hauptportal zwischen den beiden quadratischen, sechsstöckigen Türmen blieben sie stehen. Auf den Stufen kniete eine Nonne, die ununterbrochen Rosenkranzgebete vor sich hin murmelte.

«Jeder kennt die Nonne», erklärte Pfeiffenberger. «Jesus Christus hat ihr höchstpersönlich verkündet, dass er für jeden Rosenkranz, den sie betet, eine Seele aus dem

Fegefeuer befreien und in den Himmel schicken wird.»
Daucher staunte. Pfeiffenberger redete nun mit einem daneben stehenden, dünnen Mann in einer Mönchskutte und wandte sich wieder zu Daucher: «Der da sagt mir gerade, dass sie schon über dreißigtausend Rosenkränze gebetet hat.»
Daucher nahm das Stück Brot aus seiner Tasche und hielt es dem Mann in der Mönchskutte hin. «Führe den armen Mann nicht in Versuchung!», sagte Pfeiffenberger. «Der isst nämlich nur Hostien, die er bei der heiligen Messe kriegt.»
«Hostien. Sonst nichts?»
«Sonst nichts. So kann er eines Tages ein Heiliger werden.»
Daucher und Pfeiffenberger gingen in den Dom. Unter den bunten Fenstern standen siebenundzwanzig Altäre, die man für Gott und seine zahllosen Gehilfen errichtet hatte. Ein Altar war ganz aus Silber, doch er glänzte wie lackiertes Holz, von vielen Händen abgegriffen. Überall standen Steinfiguren von Kirchenmännern. Am meisten beeindruckten Hans Daucher die drei riesigen Kronleuchter an der Decke des Mittelschiffs. Der eine Gott braucht in einem Haus mehr Licht als alle Häuser von ganz Sankt Veit zusammen, dachte er. Ihm war die einfache Kirche in Sankt Veit lieber als dieser Palast mit seiner ganzen überflüssigen Pracht. Um seinen Gott zu lieben und zu ehren, genügt doch auch eine Hütte oder der freie Himmel.
Sie gingen wieder hinaus. Der Mann in der Mönchskutte war von den Stufen des Domes verschwunden, wahrscheinlich gab es gerade in einer der Kirchen eine Messe, wo er die Hostienausspeisung nicht versäumen durfte. Die Nonne betete noch immer. Wie viele Seelen hatte sie wohl in der Zwischenzeit befreit? Hatten diese

glücklichen Seelen überhaupt eine Ahnung, wem sie ihren Aufstieg in das Himmelreich verdankten?
Über den Marktplatz und durch das Tor an der Salzach gelangten sie auf die Salzachbrücke, wo die Metzger ihre Fleischbänke stehen hatten und die Abfälle direkt in den Fluss entsorgten. Alle Fliegen der Stadt schienen hier versammelt zu sein. Daucher wäre gern länger geblieben, er liebte den Geruch von frisch geschlachtetem Fleisch, doch Pfeiffenberger wollte weiter. Sie gingen zurück auf den Marktplatz und bogen in die Getreidegasse ein. Inzwischen war es dunkel geworden. Es gab keine Beleuchtung. Ein Mann ging an ihnen vorüber, eine Laterne aus Eisenblech an der Hand. Pfeiffenberger glaubte, in ihrem Schein einige Pflastersteine zu erkennen, doch als diese sich zu bewegen begannen, erkannte er sie als die Rücken von Ratten, die im Licht der Laterne glänzten. Aus einem Fenster im oberen Stock entleerte jemand eine Schüssel mit schmutzigem Wasser, das in die Gasse platschte. Hans Daucher war an den Geruch von Kuhmist gewöhnt, doch der Gestank, der ihm in diesen Ecken der Stadt entgegenschlug, diese beißende, ätzende Schärfe, störte ihn.
Er hatte von seinem Besuch langsam die Nase voll und sagte gerade, dass man daran denken müsse, ins Lager zurückzukehren, als er mit jemandem zusammenstieß, der aus einem Hauseingang auf die Straße getreten war. Der Mann hatte eine Laterne in der Hand, war schnell unterwegs, rutschte aus und fiel zu Boden. Daucher murmelte etwas von Verzeihung und half ihm wieder auf die Beine. Im Schein der Laterne sah er sein Gesicht. Es war Bodo von Schernberg.
Bodo von Schernberg war nach seiner Niederlage am Pass Lueg nach Salzburg gebracht worden und fand Unterkunft im Haus eines Freundes seiner Familie. Ein

Bader behandelte seine Verletzung am rechten Auge. Das Auge war nicht mehr zu retten und musste entfernt werden. Schernberg erholte sich schnell, band sich um die Stelle, wo einst sein rechtes Auge gewesen war, eine schwarze Augenklappe und ging nach der schweren Zeit im Krankenlager nun erstmals wieder aus dem Haus. «Schernberg», zischte Daucher. Schernberg begann zu brüllen: «Lumpengesindel! Räuber! Mörder! Ein Schwert, gebt mir ein Schwert!» Pfeiffenberger wollte dem schreienden Schernberg den Mund zuhalten, doch es war schon zu spät. Einige Leute kamen aus ihren Häusern. «Schnell weg!», rief Pfeiffenberger, klopfte Daucher auf den Rücken und rannte mit ihm, so schnell er konnte, davon, über den Marktplatz, durch die Judengasse und die Kaigasse, die nun fast leer war, aus der Stadt hinaus. Schernbergs Hass, der sich während der Zeit im Krankenlager allmählich angestaut hatte, funkelte aus seinem linken Auge in die dunkle Gasse. Er ballte die rechte Faust, sein Mittelfinger hing herab, als würde er nicht dazugehören. Die Leute hielten ihn für einen Verrückten, ließen ihn in der Gasse stehen und gingen zurück in ihre Häuser. Er schrie und fluchte so lange, bis ihm jemand aus einem oberen Fenster den Inhalt seines Nachtgeschirrs auf den Kopf leerte. Schernberg ekelte es vor sich selbst. Er spuckte mehrmals aus. Seine Laterne erlosch. Ratten tummelten sich zu seinen Füßen.

Und über allem ruhte die Festung auf ihrem Berg, als Sinnbild unerschütterlicher Macht und ewiger Stärke, alles unter sich liebevoll beschützend.

16

An diesem Sonntag war die Sankt Veiter Kirche so voll wie schon lange nicht mehr. Pfarrer Hohensinn bestieg seine Kanzel und beugte sich über ihren Rand. «Ihr habt das Wort Gottes geschändet», begann er mit Bewegungen, die an Bilder der Geißelung Christi erinnerten. «Ihr seid in ewige Sünde verfallen, in die Abgründe des Antichristen, ihr habt Verrat geübt an eurem Herrn. Ihr habt eure Arbeit vernachlässigt! Adam und Eva verfielen in unendliche Schuld. Als Buße für ihre Schuld gab ihnen Gott die lebenslange Arbeit. Doch was seid ihr für Kinder Adams, wenn ihr diese Buße nicht tagtäglich auf euch nehmen wollt? Unwürdig des Antlitzes unseres großen allmächtigen Gottes!» Dann wurde er sanft. «Aber unser hochwürdigster Fürst übt Gnade gegen euch, er verzeiht euch, wie Jesus Christus dem Judas verziehen hat, der ihn an die Ungläubigen verkaufte. Seid dankbar und betet!»
Die Besucher der Kirche, die von all dem nicht viel verstanden hatten, fielen auf die Knie und begannen fast gleichzeitig, unverständlich vor sich hinzumurmeln. Wie jeder Pfarrer in den Gebirgsgauen hatte auch Hohensinn den Auftrag bekommen, in der Sonntagspredigt die Bevölkerung über das Ende des Aufstandes und über den Ausgang der Verhandlungen zu unterrichten.
Hans Daucher hatte genug gehört, er ging hinaus. Die Worte des Pfarrers waren doch nichts anderes als eingelerntes Zeug, Worte aus einer heiligen Schrift, die, weil keiner sie lesen konnte, übermächtig erschienen. Wenn die Qualen des irdischen Daseins wenigstens mit dem Tod ein Ende hätten, wäre einiges leichter, doch diese Schrift sagt, dass sie noch ewig weiter dauern. Hans Daucher hatte schon nach dem Tod seines Vaters

beschlossen, sich ein Leben danach nicht vorzustellen, sondern sich überraschen zu lassen, wenn es einmal so weit sein würde.
Er ging hinunter auf den Dorfplatz, wo Leonhard Pfeiffenberger und Agnes warteten, um sich von ihm zu verabschieden. Pfeiffenberger hatte bereits sein Gepäck auf den Wagen der Augsburgerin geladen. «Pass gut auf dich auf», sagte er zu Hans. «Und lass dir nichts gefallen von denen da oben.» Nach einer kleinen Pause fügte er hinzu: «Und nichts von denen da unten, von denen da drüben, von überhaupt niemand.»
«Ihr wisst, bei uns habt ihr immer einen Platz», sagte Hans.
Pfeiffenberger umarmte ihn. «Dank dir, Hans. Und mach dir keine Sorgen, ich spür schon, wennst mich brauchst. Das war bei deiner Geburt so, und so soll es auch weiterhin sein.»
Dann stiegen er und Agnes auf den Wagen, trieben das Pferd an und fuhren aus Sankt Veit hinaus. Hans Daucher sah ihnen nach und bemerkte jetzt, dass die sonst so redselige Agnes kein einziges Wort gesagt hatte.
Die Glocken begannen zu läuten, die Messe war zu Ende, die Gläubigen kamen aus der Kirche. Hans wollte keinen von ihnen sehen und ging hinunter nach Sankt Johann.

Im Wirtshaus zum Goldenen Kreuz saßen die üblichen Gäste. Hans Daucher ging auf Elisabeth zu. «Ich muss mit dir reden!», sagte er.
«Grad jetzt? Wo es so zugeht da herinnen!»
Hans wusste zwar, dass Elisabeth ihre Arbeit sehr ernst nahm, trotzdem konnte er nicht erkennen, dass heute besonders viel zu tun wäre. «Die paar Leut hast wohl schnell bedient.»

«Wart auf's Zusperren», sagte Elisabeth, «dann können wir reden.»
«Ich warte draußen», sagte er und ging. Vor dem Wirtshaus befand sich gleich neben der Eingangstür eine Bank, auf der am Sonntag nach der Messe einige Frauen saßen und darauf warteten, dass ihre Männer aus dem Wirtshaus kamen. Hans setzte sich, starrte eine Zeit lang gedankenlos vor sich hin, legte sich der Länge nach auf die Bank, drehte sich zur Seite und schlief ein. Im Traum sieht er Elisabeth, wie sie von weit her auf ihn zuläuft und sich gleichzeitig von ihm entfernt. Hans rennt ihr nach, holt sie ein, sie fällt zu Boden, er wirft sich auf sie. Dabei durchströmt ihn ein Gefühl, das er nicht mehr auslassen will, das er sich ein Leben lang merken will, so schön ist es.
Nach einer Weile öffnete sich die Tür zum Wirtshaus, Elisabeth kam heraus, ihr Vater hatte sie schon vor dem Zusperren weggeschickt. Denn auch er wollte, dass sie mit Hans Daucher redete. Sie ging zu Hans, der noch immer auf der Bank lag und schlief. «Du wolltest mit mir reden», sagte sie. Hans wachte ruckartig auf und setzte sich hin, vom Schlaf noch ganz benommen. «Du wolltest mit mir reden», sagte sie noch einmal.
«Elisabeth», brachte er langsam heraus. «Elisabeth, was ist jetzt mit uns zwei. Ich weiß, dass wir zusammen gehören. Sonst würd ich dich doch nicht so gern mögen.»
«Zum Mögen braucht's immer noch zwei», sagte sie.
«Du magst mich ja auch. Gib's halt endlich zu!»
«Ich mag dich ja, Hans, du bist ein guter Freund.» Sie blickte zu Boden. «Ich muss dir was gestehen. Mein Vater hat mit dem Dienstl schon alles ausgemacht. Am Bartholomäustag werd ich den Ulrich heiraten. Ich sag's dir lieber gleich, denn irgendwann hättest du es ohnehin erfahren.»

Hans riss die Augen auf. «Elisabeth, bitte, tu das nicht!»
Elisabeth nahm ihn bei den Händen. «Ich mag ihn, den Ulrich, eine kleine Liebe ist ja da für ihn, und die große kommt schon mit der Zeit noch. Der Ulrich ist jetzt Pfleger in Goldegg, ein richtiger Beamter. So einen hat sich mein Vater immer für mich gewünscht. Er hätt nie erlaubt, dass ich einen Bauerbuben heirate.» Sie fuhr ihm mit der Hand über das Gesicht. Vielleicht war es der Geruch, der von ihm ausging, vielleicht waren es seine braunen Augen, alles an ihm erinnerte sie an einen treuherzigen Hund. Er gefiel ihr, aber die Entscheidung war gefallen. Sie wandte sich von ihm ab und lief davon.
Hans Daucher stand auf dem Dorfplatz von Sankt Veit und biss sich auf die Lippen.

17

Gottlieb Eyerpeck, einziger Sohn des Landrichters von Anthering, der einst seine eigene Frau, Gottliebs Mutter, hinrichten lassen musste, da sie des Ehebruchs mit einem Juden aus der Stadt überführt worden war, konnte nichts für seinen Charakter. «Diese Hure hat es nicht anders verdient», sagte der Vater damals zu seinem Sohn, der wie alle Kinder seine Mutter liebte und mit seinen fünf Jahren nicht wusste, was eine Hure ist.
Gottliebs Vater war ein kräftiger Mann, dessen Stimmung schlagartig von Freundlichkeit in Zorn umschlagen konnte. Am Morgen hatte er regelmäßig starke Kopfschmerzen, die er mit billigem Rotwein betäubte. So war er vormittags immer niedergedrückt und mit sich selbst beschäftigt, nachmittags jedoch, wenn sich seine Kopfschmerzen langsam verflüchtigten, unbeherrscht und für seine Umgebung unerträglich. Dann machte es ihm manchmal besonderen Spaß, den Sohn zu schlagen. Wenn dieser bei Tisch ungefragt zu reden begann, nicht dort war, wo man ihn vermutete oder wenn er den Vater einfach nur ängstlich anstarrte, der geringste Anlass war ein guter Grund für Schläge mit dem Haselnussstock, den der Vater gern mit kunstvollen Schnitzereien verzierte. Sobald auf dem Haselnussstock kein Platz mehr für weitere Verzierungen war, fielen die Schläge besonders heftig aus, denn nun war es Zeit, den Stock zu zerbrechen und einen neuen aus der Staude hinter dem Haus herauszuschneiden. «Auf einen groben Klotz gehört ein grober Keil», sagte der Vater dann meistens, bevor es losging, um seine Züchtigungen durch eine allgemeingültige Weisheit zu rechtfertigen. Durch unterwürfigstes Verhalten und durch das Eingeständnis von Schuld, gerechtfertigt oder nicht, gelang es Gottlieb, den

Schlägen auszuweichen. Etwas Lob erntete er von seinem Vater, wenn er andere Kinder für dies oder das beschuldigte und ihre harmlosen Streiche meldete. Dann wurde er nicht von seinem Vater verprügelt, sondern von den Kindern aus der Nachbarschaft. Geschlagen wurde er so oder so. Bei einem unvermuteten Geräusch, wenn etwa Schnee vom Dach des Hauses rutschte oder wenn sich ein Hase im Geäst der verhassten Haselnussstauden verfing, zuckte er zusammen, duckte sich und verschränkte die Arme über dem Kopf. Am liebsten blieb er im Haus, um den Schreiber des Landrichters beim Verfassen der richterlichen Urkunden zu beobachten. Dadurch konnte er der Wut seines Vaters entgehen, denn der Vater sah es gern, wenn sich der Sohn für das Verfassen von Urteilssprüchen und für die Formulierung von Strafen interessierte. Er förderte diese Leidenschaft, was letztlich ein aus Papier und Tinte geformtes Verhältnis zwischen Vater und Sohn bildete, das der Vater streng überwachte. Nach und nach beschäftigte er ihn in der Schreibstube, und über sein gutes Verhältnis zu einem der Domherren gelang es ihm sogar, ihn als Schreiber in der erzbischöflichen Kanzlei der Residenz in der Stadt zu beschäftigen. Das konnte für den Sohn den späteren Aufstieg in das Amt eines Landrichters bedeuten. Gottlieb jedoch dachte nie im Leben daran, Landrichter zu werden, zu lebendig war die Erinnerung an seine arme verurteilte Mutter.

Bis ins Mannesalter hatte Gottlieb Eyerpeck ein Kindergesicht, Bartwuchs wollte sich auch beim Erwachsenen nicht recht einstellen. Er war nicht dick, doch alles an ihm schien rundlich zu sein. Wenn er ging, schlich er, wenn er lachte, bemerkte man es nicht. Er hatte ein ausgeprägtes Bedürfnis nach Körperpflege, reinigte sich

gründlich, wechselte häufig seine Kleidung und vermittelte doch den Eindruck, nicht ganz sauber zu sein. Man sah durch ihn hindurch, meistens vergaß man ganz auf seine Anwesenheit. Aber immer war er da.
Er begann seine Laufbahn als Kanzleischreiber in der fürsterzbischöflichen Hofkammer, war stets genau, geduldig, fleißig und schnell in der Ausführung seiner Arbeit. Auf Grund seiner erstaunlichen Fähigkeit, über weite Strecken gut zu hören, nahm er alles wahr, was in den erzbischöflichen Kanzleien vor sich ging. Sprach jemand schlecht über den Erzbischof, meldete er es umgehend dessen persönlichem Sekretär, was nachhaltige Säuberungsaktionen beim Personal nach sich zog. Eyerpeck war verantwortlich für die Führung der Kanzleiregister, die über die verschiedenen Einkünfte aus den erzbischöflichen Betrieben, den Salinen, über den eingenommenen Zehent und den Pachtzins, über die Abgaben von Richtern und straffälligen Untertanen Auskunft gaben. Bestechungsversuche einzelner Kanzleibeamter deckte Eyerpeck rücksichtslos auf. Wegen dieser Treue und Aufrichtigkeit bestellte ihn der Erzbischof zum alleinigen Schreiber des Privilegienregisters, wo hochrangige und wichtige Einzelempfänger offiziell aufgeführt waren, die in aller Heimlichkeit von oberster Stelle Begünstigungen und Sonderrechte erhielten, was die Abgaben betraf. Gottlieb Eyerpeck hatte die Aufgabe, dafür zu sorgen, dass diese Begünstigten in ihren Rechten nicht gestört wurden. Da er auch diese Aufgabe zur Zufriedenheit der Beteiligten erfüllte, belohnte ihn sein Vorgesetzter mit dem Aufstieg in den Stand eines Sekretärs, was bisher nur Geistlichen vorbehalten war. Er war Protokollführer bei Verhandlungen, Beistand in Rechtsangelegenheiten und sogar politischer Ratgeber des Erzbischofs, immer im Hintergrund, niemals in der

vordersten Reihe, um nicht die Eifersucht von weniger Begabten auf sich zu ziehen und seine Karriere womöglich zu schädigen. Für seine außerordentlichen Verdienste wurde Eyerpeck sogar in den Adelsstand erhoben, zwar nur in den allerniedrigsten, aber immerhin durfte er sich fortan Ritter von Eyerpeck nennen. Burkhard war froh über diesen Eyerpeck, den er von seinem Vorgänger übernommen hatte. Er wusste, dass er sich in jeder Lage auf ihn verlassen konnte. Als er ihn an diesem Vormittag zu sich rufen ließ, war Gottlieb Ritter von Eyerpeck davon überzeugt, nun von seiner Beförderung zum Untermarschall zu erfahren, die seiner Meinung nach fällig war.

«Guter Eyerpeck», sagte Burkhard, «seiner Bestellung zum Untermarschall steht nichts mehr im Wege. Doch habe ich Höheres mit ihm vor. Die Sicherheit einiger Gebiete im Pongau liegt mir dermaßen am Herzen, dass ich meinem neu ernannten Pfleger in Goldegg einen Sekretär meines Vertrauens zur Seite stellen möchte. Und wer genießt innigeres Vertrauen als er, Eyerpeck.»

Gottlieb Eyerpeck war nicht sehr darüber erfreut, ins Gebirge geschickt zu werden. «Es ehrt mich, hochfürstliche Gnaden, mit so einem Amt betraut zu werden», sagte er kaum hörbar.

«Ich wünsche, dass er seinen Dienst sofort antritt. In der Kanzlei liegt ein Schreiben an den Pfleger von Goldegg bereit. Das möge er ihm überbringen. Und ich wünsche, dass die darin enthaltenen Aufgaben unverzüglich vollzogen werden.» Dann fügte er noch hinzu: «Nach Ablauf seiner Zeit in Goldegg soll er, Eyerpeck, zum fürsterzbischöflichen Hofmarschall ernannt werden, sofern er all das erfüllt, was von ihm verlangt wird. Diesbezüglich brauche ich mir gewiss keine Sorgen zu machen. Denn ich kenne meinen Eyerpeck.»

«Hochwürdigster Fürst», flüsterte Eyerpeck mit der ganzen Kraft seiner Stimme, «ich werde auch diesen Auftrag gewissenhaft erledigen.» Mit seinen Lippen bildete er das Wort «Hofmarschall», das ihm um einiges leichter fiel als das Wort «Untermarschall», den er nun überraschenderweise überspringen konnte. Er verbeugte sich dankbar und verschwand. Der Erzbischof hatte kurz das Gefühl, er sei gar nicht da gewesen.

Die Straße vom Pongau in den Pinzgau, eine der wichtigen Verbindungen von Salzburg in den Süden, verläuft zunächst entlang der Salzach, verlässt dann das enge Tal und führt über das etwas höher gelegene Goldegg, das ähnlich wie das weiter nördlich gelegene Sankt Veit über dem tief eingeschnittenen Flusslauf der Salzach eine Ebene bildet. Hinter einem kleinen See steht neben der Ortschaft die Burg Goldegg, ein dick gemauerter, hoher, wehrhafter Bau mit zwei viereckigen Türmen, die sich bei ruhigem, klarem Wasser im See spiegeln. Bis zum Jahr 1400 lebten dort die Herren von Goldegg, dann starb Haug von Goldegg als letzter von ihnen ohne Nachkommen. Die herrenlose Burg verlor an Bedeutung, im Jahr 1459 konnte sie Erzbischof Burkhards Vorgänger günstig erwerben. Auf Grund der langen Zeit, in der sie unbewohnt war, sah sie dementsprechend verfallen und heruntergekommen aus, als Ulrich Dienstl sich als neuer Pfleger des Erzbischofs zwischen diesen Mauern einzurichten begann. Nachdem er den Dreck aus einigen Räumen entfernt und erste Ausbesserungen am Mauerwerk vorgenommen hatte, gelang es ihm in erstaunlich kurzer Zeit, eine der mit schwerem Holz getäfelten Kemenaten wohnlich zu machen, eine Küche und eine Vorratskammer einzurichten. Er arbeitete allein, immer in Gedanken an Elisabeth Feiersinger, die er als seine

Frau auf die Burg führen würde. Bis zur Hochzeit wollte er die Arbeiten so weit abgeschlossen haben, dass sich seine Frau mit der Aussicht auf einen künftigen, bescheidenen Luxus hier wohlfühlen konnte. Es war schon bald Mitte August, und am vierundzwanzigsten, am Bartholomäustag, wollte man heiraten. Dieser Tag erschien ihm als gutes Omen, ist doch der Heilige Bartholomäus der Schutzpatron der Metzger und Gerber. Dienstl, der sich zwar jetzt zu einem Beamten hinaufgearbeitet hatte, blieb doch mit dem Gerberhandwerk seiner Vorfahren eng verbunden. Bartholomäus, einer der zwölf Apostel, wurde seinerzeit zum Tod durch Enthäuten verurteilt und trägt auf den bildlichen Darstellungen meistens seine abgezogene Haut über dem Arm. Wohl deshalb wurde er den Metzgern und Gerbern als Schutzpatron zugewiesen.
Irgendetwas beunruhigte ihn, er drehte sich um und erschrak. Vor ihm stand ein Mann in einem dünnen, grauen Mantel.
«Ulrich Dienstl?», fragte der Unbekannte. Dienstl nickte.
«Gottlieb Eyerpeck, ich komme im Auftrag unserer fürsterzbischöflichen Gnaden.» Dienstl war beruhigt, denn es handelte sich wohl um den Gehilfen, den ihm der Erzbischof angekündigt hatte. «Ich soll Euch meine Dienste als Dienste unseres gemeinsamen Herrn anbieten.»
«Ich freue mich», sagte Dienstl.
«Schön eingerichtet habt Ihr diese Kammer.»
«Ich habe mich bemüht», sagte Dienstl nicht ohne Stolz.
Eyerpeck verzog keine Miene. «Hier will ich wohnen.»
Dienstl wollte etwas sagen, doch Eyerpeck kam ihm zuvor, indem er ein Papier aus der Tasche zog: «Ich habe hier ein Schreiben unseres Herrn, das mir absoluten Handlungsspielraum auf Goldegg gewährt.»

Da Dienstl schlecht lesen konnte und sich vor dem Beamten für diese Unkenntnis schämte, machte er sich nicht die Mühe, sich mit dem Schreiben zu befassen und schwieg. Auch Eyerpeck schwieg. Schließlich fragte Dienstl: «Habt Ihr den Bestätigungsbrief des Erzbischofs mitgebracht?»

«Von welcher brieflichen Angelegenheit ist die Rede?», fragte Eyerpeck.

«Der Brief, den uns der Erzbischof versprochen hat, der Brief, der die Verhandlungen vom Juli bestätigt.» Dienstl wartete auf eine Antwort, dann fuhr er fort, aufgeregter als zuvor. «Die Leute hier haben die Forderungen erfüllt. Sie haben die Waffen niedergelegt, die Wege wieder frei gemacht und sind auf ihre Höfe und Felder zurückgekehrt. Nun warten wir auf den Brief, er soll bis Maria Himmelfahrt da sein.»

Eyerpeck blieb ganz ruhig: «Es haben sich diesbezüglich einige geringfügige Änderungen ergeben. So einen Bestätigungsbrief kann nicht einmal der Erzbischof so mir nichts dir nichts aus dem Ärmel schütteln. Das braucht Zeit und Geld. So ein Brief muss auf seinem Amtsweg durch die verschiedenen fürsterzbischöflichen Kanzleien, und so ein Amtsweg ist lang und teuer. Unser hochehrwürdiger Landesherr sieht sich also genötigt, ein Briefgeld von zweitausend Gulden mit einer zusätzlichen Kanzleitaxe von fünfzig Gulden einzuheben. Sobald dieses Briefgeld bezahlt ist, kommt der Brief unverzüglich und ohne Mehrkosten. Darauf gebe ich Euch mein Wort, das ebenso viel wiegt wie das Wort unseres Landesherrn.»

«Ein Briefgeld?», fragte Dienstl und wusste, dass das nur weitere Zahlungen bedeuten konnte.

«Mit zusätzlicher Kanzleitaxe für den erheblich gestiegenen Arbeitsaufwand. Aber das versteht sich ohnehin

von selbst», entgegnete der Beamte aus der Stadt.
«Davon war in den Verhandlungen keine Rede», stammelte Dienstl.
«Natürlich nicht, denn Briefgeld und Kanzleitaxen sind niemals Gegenstand von Verhandlungen, das fällt in den alleinigen Zuständigkeitsbereich der Behörden. Die haben ihre Vorschriften. Da können wir absolut nichts dagegen machen. Dagegen ist sogar unser Erzbischof machtlos.»
Dienstl setzte sich auf ein aus alten Brettern zusammengezimmertes Gestell, das er als gemeinsames Bett für sich und Elisabeth vorgesehen hatte und das er nun wohl diesem Eyerpeck zur Verfügung stellen müsste. Er hörte wie von fern die leisen Sätze dieses Eyerpeck, die sich immer auf der selben Tonhöhe befanden und immer die selbe Lautstärke hatten: «Auf meinem Weg hierher habe ich die wichtigsten Pfarren des Pongaus besucht und die Pfarrer davon unterrichtet, zu Himmelfahrt die Bevölkerung mit der Fälligkeit dieses Briefgeldes zusätzlich Kanzleitaxen bekannt zu machen.»
«Himmelfahrt ist ja schon übermorgen!», sagte Dienstl.
«Das ist allgemein bekannt.»
Um sich abzulenken, ging Dienstl in die feuchte, schmutzige, verfallene Kemenate nebenan und begann, die verfaulte Holzvertäfelung von den Wänden zu reißen. Alles umsonst, dachte er. Eine Sauarbeit ist das wieder! In zehn Tagen ist Hochzeit. Bis dahin muss ich fertig sein. Und ein neues Bett werde ich auch brauchen.
Rauch kam durch das Fenster. Dienstl blickte hinaus und sah drei Männer, die im Burghof Feuer gemacht hatten, Soldaten, die Eyerpeck aus Salzburg mitgebracht hatte. Verstärkung ist immer gut, dachte Dienstl.

18

Nach der Messe in der Sankt Johanner Kirche war man ratlos und enttäuscht. Mausrieml ging in die Sakristei, um den Pfarrer zu fragen, ob er sich in seiner Predigt nicht getäuscht hatte, als er davon sprach, dass ein Briefgeld und zusätzliche Kanzleitaxen für den versprochenen Bestätigungsbriefes des Erzbischofs einzuheben seien. Der Pfarrer sagte ihm, er müsste doch wissen, dass er sich noch nie getäuscht hatte, warum also gerade heute. Und er hielt ihm ein Stück Papier vor die Nase. «Ein Gesandter des Erzbischofs hat mir das persönlich vor einigen Tagen vorbeigebracht.»
Mausrieml konnte kaum glauben, was er da las. Mit aller Härte und mit allen Mitteln wollte man durchgreifen, um das Geforderte zu bekommen. Kanzleitaxen waren ihm geläufig, aber von einem Briefgeld hatte auch er noch nie etwas gehört, dabei musste es sich um eine neue Erfindung aus den erzbischöflichen Kanzleien handeln. Er gab dem Pfarrer das Schreiben zurück und ging hinüber ins Goldene Kreuz, wo ihn die anderen bereits erwarteten, setzte sich an einen Tisch und sagte leise: «Ich hab es schwarz auf weiß gelesen. Es stimmt.»
Hans Daucher stand auf und meinte nur: «Gut.» Dann stellte er sich an die Wand gegenüber der Eingangstür, wo er vor einigen Wochen gemeinsam mit Pfeiffenberger und Dienstl zum Aufruhr gegen Schernberg aufgerufen hatte. Alle blickten zu ihm hin, sogar Elisabeth, die es seit ihrer Entscheidung, Dienstl zu heiraten, hartnäckig vermied, mit Daucher zusammenzutreffen.
«Wir haben uns auf das Wort unsres Landesherrn verlassen», begann er. «Doch dieses Wort ist nichts wert! Wir sollen zahlen für das, was man uns versprochen hat. Der Erzbischof hat die Erhöhung der Weihsteuer zurückge-

nommen, und nun glaubt er, seinen Verlust durch dieses verdammte Briefgeld wieder hereinzubekommen. Wir sollen Strafe zahlen, ein Strafgeld sollen wir zahlen.»
Einige gingen hinaus und machten sich mit ihren Frauen auf den Heimweg. In ein paar Tagen war die zweite Mahd fällig, danach musste das Getreide geschnitten werden, und in einigen Wochen würde auch das Vieh wieder von den Almen herunter kommen. Da blieb keine Zeit, das Versprechen des Erzbischofs mit Gewalt einzufordern. Die meisten aber blieben und hörten Hans Daucher zu, der wieder und wieder von Unrecht sprach, von Aufstand und von einem Kampf, der nun folgen müsste, weil es keinen Weg zurück gab und weil man sich nichts mehr gefallen lassen dürfte.

Währenddessen sprach Elisabeth mit ihrem Vater, der in der aufgeheizten Stimmung ein gutes Geschäft witterte, gleichzeitig jedoch auch daran dachte, dass der eine oder andere auf die Zeche vergessen könnte. Und gerade in so einem Augenblick wollte Elisabeth unbedingt weg. Es gelang ihm nicht, sie zurückzuhalten, denn wenn sie sich etwas in den Kopf gesetzt hatte, führte sie das auch durch. In dieser Hinsicht unterschied sie sich durch nichts von ihrem Vater.
Elisabeth ging hinüber in den Stall, sattelte das Pferd und ritt davon. Sie wollte heute noch mit Ulrich Dienstl sprechen. Sie ritt am Pichl vorbei, sah zum Daucherlehen hinüber und dachte an Hans. Weiter unten lagen die Reste von Schloss Schernberg. Sie war stolz darauf, damals in Schernberg dabei gewesen zu sein und trieb das Pferd an. An einem kleinen Bach stieg sie ab, um Wasser zu trinken. Das Pferd war nass vor Schweiß. Auf der Wiese sah sie den Haslingbauern mit seiner Frau und seinen Kindern, die dabei waren, Kräuter zu sammeln.

Der Bauer kam auf sie zu. «Da wird sich der Ulrich freuen, wenn du kommst», sagte er und legte seine Hände auf Elisabeths Schultern. Sie hatte noch nie so große Hände gesehen und musste daran denken, dass diese Hände am Pass Lueg einen Landsknecht erwürgt hatten. So jedenfalls erzählte man es. «Am Anfang hat's mir nicht gefallen, dass er jetzt ein Pfleger geworden ist, aber ich denk mir, er wird schon wissen, wo seine Leute sind», sagte der Haslingbauer, während er seine Hände wieder von Elisabeths Schultern nahm.
Elisabeth dachte an das Briefgeld, von dem der Haslingbauer noch nichts wissen konnte. Ulrich Dienstl musste diese unberechtigte Forderung auf irgendeine Weise verhindern, er war der Pfleger und hatte die Macht dazu. Um das von ihm zu erreichen, war sie auf dem Weg nach Goldegg. Sie nahm noch einen Schluck Wasser aus dem Bach, stieg auf ihr Pferd und ritt weiter.

Da sie schon mehrmals auf der Burg Goldegg gewesen war, um Ulrich Dienstl zu besuchen und die Vorbereitungen für die Hochzeit zu besprechen, wusste sie, wo sich die Wohnräume befanden. Sie wunderte sich über die Soldaten, die im Burghof herumlungerten und Elisabeth anblickten, als hätten sie noch nie eine Frau gesehen. Sie hörte aus einer Kemenate das Geräusch einer Säge, mit der gerade ein Stück Holz durchschnitten wurde, und ging die Stiege hinauf zu Ulrich Dienstl.
«Elisabeth», sagte er, ließ die Säge im Holz stecken und nahm Elisabeth in seine Arme. «Das wird unser Bett. In acht Tagen ist Hochzeit. Freust du dich?»
Elisabeth löste sich von ihm. «Der Erzbischof hat sein Wort nicht gehalten. Wir sollen wieder zahlen», sagte sie. Dienstl schwieg. Elisabeth wurde lauter: «Das können wir uns doch nicht gefallen lassen.»

«Schau Elisabeth, ich habe alles versucht, aber gegen diese Anordnungen sind wir machtlos.» Er versuchte zu lächeln.
«Das ist ungerecht!»
«Es wird sich alles im Guten auflösen.» Er versuchte, Elisabeth erneut zu umarmen, sie aber wollte erst Klarheit haben in der Sache, wegen der sie hergekommen war. Sie ging einen Schritt zurück und stieß mit etwas zusammen. Sie drehte sich um, sah Gottlieb Eyerpeck und erschrak. Seit wann war dieser Mensch im Raum? Warum hatte sie ihn bisher nicht gesehen? Wer war das überhaupt?
Eyerpeck sah Elisabeth ausdruckslos an: «Der Pfleger auf Goldegg hat wie alle Beamten unseres Landesherrn seine Anweisungen. Ich bin hier, ihm zu helfen, diese Anweisungen ordnungsgemäß durchzuführen.»
Elisabeth stand nun zwischen Dienstl und Eyerpeck und wandte sich Dienstl zu: «Wer schafft hier eigentlich an? Du oder der dort? Wer ist denn hier der Pfleger?»
«Elisabeth, misch dich nicht in Angelegenheiten, von denen du nichts verstehst», sagte Dienstl aufgeregt. Eyerpeck blieb ganz ruhig: «Mäßige dich und nimm Vernunft an. Es wurden schon jüngere Frauen als du wegen Hochverrats eingesperrt und verurteilt. Und mit den Urteilen der Behörden ist nicht zu spaßen.»
«Ich pfeife drauf!» Elisabeth lachte Eyerpeck spöttisch ins Gesicht. Dienstl packte Elisabeth an den Oberarmen und wollte sie schütteln, damit sie endlich zur Vernunft käme. «Rühr mich nicht an!», schrie Elisabeth und schlug seine Hände von sich weg. Der Spott von vorhin war aus ihrem Gesicht verschwunden.
«Ich habe damit nichts zu tun», sagte Dienstl. Seine Stimme klang traurig, denn er wollte nichts anderes, als mit Elisabeth glücklich sein.

«Trotzdem musst du etwas tun! Sonst geht alles wieder von vorn los, das Kämpfen, das Töten, das Blut und das Schreien.»
«Wir sind doch alle Diener unseres Landesherrn und unseres Gottes. Schau her, ich bin gerade dabei, uns die Burg gemütlich herzurichten. Die hat mir der Erzbischof überlassen, für dich und für mich.» Elisabeth konnte ihre Tränen nicht mehr zurückhalten. «Wir haben alle unsere Pflicht zu erfüllen», fuhr er fort.
«Jeder von uns, auch du», sagte Eyerpeck zu Elisabeth.
«Worum geht es dir denn eigentlich?» Elisabeth blickte Dienstl wütend an.
«Mir geht es um dich und um mich, um uns und unsere Zukunft.»
«Du verkriechst dich hinter diesen Mauern, die Leute da draußen sind dir gleich! Du hast dich einfangen lassen, du hast dich dem Teufel ausgeliefert!», schrie sie nun. «Und der da», sie deutete auf Eyerpeck, «der da ist der Teufel, der gekommen ist, uns alle zu holen. Und dich hat er schon geholt!»
«Elisabeth, versündige dich nicht!», sagte Dienstl und gab ihr eine Ohrfeige. Eyerpeck freute sich schon als Kind, wenn jemand anderer als er Schläge bekam. So freute er sich auch jetzt. Elisabeth fiel zurück und wurde von Eyerpeck mit beiden Händen aufgefangen. Er schwitzte. Sie konnte seinen Schweiß riechen, riss sich angewidert von ihm los, drehte sich um und spuckte ihm ins Gesicht. Eyerpeck wusste, dass sich Elisabeth damit den Strafbehörden der erzbischöflichen Gerechtigkeit ausgeliefert hatte und würde dafür sorgen, dass sie dieser Gerechtigkeit nicht entging.
Elisabeth fühlte, wie sich zwischen ihr und Ulrich Dienstl eine unsichtbare Mauer aufrichtete. Dienstl kam ihr vor, als sei er unendlich weit entfernt, obwohl sie sogar sei-

nen Atem spüren konnte. «Dir geht es nur um dich selbst!», schrie sie ihn an, lief hinaus, stieg auf das Pferd und ritt davon. Sie hörte nicht, wie ihr die im Burghof liegenden Soldaten in eindeutiger Weise nachpfiffen. Ulrich Dienstl war so überrascht, dass er vorerst überhaupt nicht begriff, was vorgefallen war. Er blickte starr auf die Stelle, wo Elisabeth noch kurz zuvor gestanden hatte, nahm, damit er irgend etwas tat, die Säge in die Hand und fuhr fort, das Brett durchzuschneiden.

Als Eyerpeck aus dem Raum verschwindet, riecht es nach Schweiß. Er hat nichts davon mitgenommen.

19

Inzwischen war es Nacht geworden. Hans Daucher ritt müde vom Goldenen Kreuz nach Hause. Er fragte sich, ob es ihm gelungen war, die Leute im Wirtshaus so weit zu bringen, diese neuerliche Steuer, die sich hinter dem Wort Briefgeld versteckte, nicht zu zahlen und ihr Recht mit allen Mitteln zu verteidigen. Sie hofften, dass sich alles zum Guten wenden würde und durch Verhandlungen zu lösen sei. Sie waren Bauern und keine Krieger. Pfeiffenberger wäre stolz auf ihn gewesen, so gut hatte er geredet. Nun war er heiser. Ganz sicher war er sich nicht, ob er im Wirtshaus alles richtig gemacht hatte, denn die Entschlossenheit von damals, als man nach Schernberg gezogen war und den Pass Lueg besetzt hatte, wollte sich nicht mehr einstellen. Mausrieml übernahm die Aufgabe, einen Brief an den Erzbischof zu schreiben, um den Bestätigungsbrief über das Verhandlungsergebnis vom zweiundzwanzigsten Juli erneut einzufordern, ohne dafür bezahlen zu müssen. Der Schernthaner Sepp schlug ihm vor, mit Ulrich Dienstl zu reden, von dem man sich als Pfleger eine große Hilfe erwartete. Daucher hatte keine Lust, zu einem Mann zu gehen, der bald Elisabeth Feiersinger heiraten würde. Schade um den Dienstl, schade um die Elisabeth, schade um alles, dachte er. Schon damals vor Schloss Schernberg ahnte er, dass dieser Dienstl mehr an seinem persönlichen Vorteil als an der gemeinsamen Sache interessiert war. Das hat er nun mit seiner neuen Stellung als Pfleger bewiesen. Die Anliegen der Bauern waren ihm wahrscheinlich schon von Anfang an gleichgültig, er ist eben kein Bauer, sondern einer, dem man nicht über den Weg trauen kann. Schade um ihn, verdammt schade.

Er ritt zum Heustadel, auf dem das Totenbrett seines Vaters angenagelt war, setzte sich ins Gras und lehnte sich mit dem Rücken an den Heustadel. Die Nacht war klar und der Himmel voller Sterne. Er war mit seinen Gedanken bei Pfeiffenberger, der genau gewusst hätte, was nun zu tun wäre. Aber es nützte nichts, Pfeiffenberger war mit seiner Agnes weit weg, und Daucher musste selbst entscheiden, wie es weitergehen sollte. So wie es aussah, würde alles auf einen neuerlichen Aufstand hinauslaufen. Doch könnte es ihm gelingen, die anderen davon zu überzeugen? Würde der Pass Lueg wieder so leicht zu besetzen sein? Hatte der Erzbischof die vor dem Pass liegende Burg Werfen ausgerüstet, um für alle Fälle genügend Soldaten im Gebirge zu haben? Keiner hatte damit rechnen können, dass dieser Lump von einem Landesherrn sein Wort brechen würde. Immerhin ist er einer der ersten Männer unseres Gottes. Ein armer Gott muss das sein, der so einen verlogenen Halunken zu seinen engsten Vertretern hier auf der Erde zählt, doch vielleicht weiß unser Gott da oben gar nichts von dem, was hier unten vorgeht. Vielleicht ist ihm dieser Salzburger Weißpriacher so gleichgültig wie ein ausländischer Heide. Was wissen wir schon? Oben die Sterne, unten die Erde und dazwischen Luft, sonst nichts beziehungsweise nicht viel. Das einzige, das wir wissen, ist doch nur, dass wir immer wieder betrogen und hintergangen werden. Vielleicht ist doch Ulrich Dienstl unsere Hoffnung, immerhin ist er einer von uns.

Man kann zum Zufall stehen, wie man will, in den meisten Fällen kommt er nicht umsonst. Zufall bedeutet eigentlich nichts anderes, als dass jemandem etwas zufällt. Und wenn jemandem etwas zufällt, muss doch ein anderer etwas zugeworfen haben. Woher kommt der Zufall? Wohin geht er? Gleichgültig, ob es Zufall oder

Schicksal war, auf jeden Fall musste Elisabeth Feiersinger in jener Nacht auf ihrem Rückweg von Goldegg nach Sankt Johann an jenem Heustadel vorbei, an dem Hans Daucher lehnte. Es war still. Dauchers Pferd stand hinter dem Heustadel und schnaubte. Elisabeths Pferd blieb stehen. Sie hatte plötzlich Angst, so allein durch die Nacht zu reiten und trieb ihr Pferd an, aber es rührte sich nicht von der Stelle. Als sie ein wenig lauter rief, setzte sich das Pferd endlich in Bewegung. Durch ihr Rufen war Hans Daucher aufgewacht und sagte, ohne sie bemerkt zu haben: «Elisabeth». Er befand sich in einem Dämmerzustand zwischen Wachsein und Träumen. Elisabeth drehte sich um, erkannte Hans in der Dunkelheit, stieg vom Pferd, setzte sich zu ihm hin und legte ihren Kopf an seine Brust. Hans Daucher nahm Elisabeth in die Arme, drückte sie sanft an sich und schwieg. Auch als wenig später eine Seite des Totenbretts von Dauchers Vater den Halt verlor, an der Wand des Heustadels herunterpolterte, mit der anderen Seite oben hängen blieb und nun senkrecht über den beiden leicht hin und her schwankte, sprachen sie noch kein Wort und verstanden es jeder für sich als Zeichen, dass auch Dauchers Vater an den beiden Menschen seine Freude hatte. Der Sommer war noch lange nicht zu Ende.

«Das ist die Elisabeth Feiersinger aus Sankt Johann», sagte Hans Daucher am nächsten Tag zu seiner Mutter.
«Ich weiß», sagte die Mutter. Daucher fragte, woher seine Mutter die Elisabeth kannte und bekam keine Antwort. Die Daucherin sagte nur: «Gott ist größer und allmächtiger, als wir alle glauben.»
«Ich hab von Anfang an gewusst, dass wir zusammenpassen», sagte Hans zu Elisabeth.

«Gespürt hab ich es auch, aber jetzt weiß ich es», lächelte Elisabeth und küsste Hans, der sich nun fühlte wie der Herrscher über die Welt, den Himmel und die Hölle. Von der Linde wehten ein paar Blätter herüber. Eines davon landete in Elisabeths Haaren. Hans nahm es und legte es mit der Oberseite auf ihren Mund. Dann küsste er seine Unterseite. Elisabeth steckte sich das Blatt in ihre Bluse. Später wollte sie es trocknen und für immer über ihrem Bett aufhängen, gleich neben dem kleinen hölzernen Christus, der sie seit ihrer Kindheit begleitete und beschützte.
Kaspar Daucher, der Bruder von Hans, kam auf die beiden zu: «Es bleibt trocken, morgen werden wir mähen.» Dann ging er, die Sensen zu dengeln. Elisabeth wollte eigentlich so schnell wie möglich nach Sankt Johann zu ihren Eltern zurück. Sie glaubten sicherlich, ihre Tochter wäre noch bei Ulrich Dienstl und machten sich vorläufig keine Sorgen. Doch sie konnte die Leute auf dem Daucherlehen bei der bevorstehenden Arbeit nicht im Stich lassen. Für den Rest ihres Lebens würde sie wohl ein Leben als Bäuerin führen, an der Seite von Hans, der sich mit seinem Bruder den Hof teilen wollte. So hat es ihr Hans am Morgen erzählt.

Das Bauernhaus des Daucherlehens hatte wie alle Bauernhäuser dieser Größe einen einzigen Raum. Alles war aus Holz gemacht, sogar der Schornstein, nur der Fußboden war aus festgestampftem Lehm. Der offene Herd diente zum Kochen und zum Heizen. Der Rauch gab dem Inneren des Hauses eine dunkle Färbung und seinen Bewohnern ein Gefühl der Geborgenheit. Die doppelt mit Brettern zusammengefügten Außenwände hatten Ritzen, die mit Moos verstopft waren, um die Kälte fernzuhalten. Die Fenster waren so klein, dass man als Erwachsener nicht hindurchkriechen konnte. In der kalten Jahreszeit wurden sie mit hölzernen Läden verschlossen, wodurch der düstere, rauchige Raum noch luftleerer erschien. In der Nähe des Herdes stand ein großer Tisch, eine Holzplatte auf einem Gestell mit schräg gestellten Beinen. Zwei Bänke dienten zum Sitzen, Stühle gab es keine. Der alte Knecht und Kaspar schliefen auf diesen Bänken, die Daucherin in einem einfachen Brettergerüst. Hans und Elisabeth lagen auf Strohsäcken, die auf dem Boden ausgebreitet wurden. Sie drückte ihr Gesicht an ihn und hörte ihm zu, wie er atmete.

Die erste Mahd im Jahr findet in höheren Lagen meist um den Fronleichnamstag im Juni statt, die zweite Mahd beginnt bei gutem Wetter gleich nach dem Marientag im August. Sie dauert kürzer als die erste Mahd, weil das Gras im August weniger und zarter ist als im Juni. Wenn der Sommer nass und warm war, kann man auch im August mit einer entsprechenden Menge Gras rechnen. Kaspar stand sehr früh auf und weckte die anderen. Er, sein Bruder Hans und der alte Knecht holten die Sensen aus der Gerätekammer neben dem Stall, nahmen den Kumpf für den Wetzstein, füllten ihn am Brunnen mit Wasser, steckten den Wetzstein hinein und verstauten ihn hinten am Hosenriemen. Sie schulterten die Sensen und gingen auf die Wiese. Das Gras war noch feucht und gut zu mähen. Die drei Männer stellten sich schräg nebeneinander im gleichen Abstand auf und begannen im gleichen Schwung, die Wiese Zug um Zug abzumähen. Zwischendurch prüften sie die Schneid ihrer Sense und erneuerten ihre Schärfe mit dem Wetzstein. Hans fluchte, als er mit der Sense an einen Stein schlug, den er übersehen hatte. Mit dem Höhersteigen der Sonne ver-

lor das Gras an Feuchtigkeit, was das Mähen erschwerte. Aber im Gegensatz zur Junisonne war sie nun doch um einiges schwächer.
Hinter den drei Mähern gingen die Daucherin und Elisabeth. Mit dem Rechen ordneten sie das frisch gemähte Gras und breiteten es auf der Wiese zum Trocknen aus. Die Daucherin brachte das Mittagessen auf das Feld, eine Pfanne mit Mus. Dann gingen sie, eine andere Wiese abzumähen. Am nächsten Tag wurde das Gras immer wieder gewendet. Es war heiß, das Gras trocknete ziemlich schnell. Kaspar kam mit dem Pferdefuhrwerk auf das Feld, um das Heu aufzuladen und in den Heuboden zu fahren, der sich über dem Stall befand. Kaspar, Hans und der alte Knecht warfen das Heu mit Gabeln auf den Wagen, wo es von Elisabeth und der Daucherin eingetreten wurde, um Platz zu sparen. Kaspar zog noch einmal den Rechen über das Feld, um die letzten Halme aufzusammeln. Die Arbeit dauerte bis zum Abend. Insgesamt wurden fast vier Fuhren Heu eingebracht, bei der Mahd im Juni waren es fünf gewesen. Das müsste reichen, um genügend Futter für die Kühe, den Ochsen und das Pferd auf dem Daucherlehen zu haben und gut über den Winter zu kommen, bis das Vieh wieder auf die Alm getrieben werden konnte.

Elisabeth war müde und froh über den kühlen Abend nach zwei langen, heißen Tagen. Am Brunnen wusch sie sich den Schmutz aus dem Gesicht.
«Da bist also! Was fällt dir überhaupt ein! Noch nicht einmal verheiratet und schon durchbrennen! Das hat es ja überhaupt noch nie gegeben.»
Elisabeth drehte sich um und sah ihren Vater, der soeben mit einem Pferdefuhrwerk am Daucherlehen eintraf. «Jetzt kommst auf der Stelle mit, du glaubst wohl, die

Arbeit macht sich von allein! Zu mir sagt sie, sie geht zum Dienstl, und dabei treibt sie sich da bei den Bauern herum.»

«Zum Dienstl geh ich nie wieder», sagte Elisabeth. «Den mag ich nicht. Der soll zum Teufel gehen!»

«In ein paar Tagen ist Hochzeit, hast das vergessen?» Feiersinger klopfte sich mit der Hand auf die Stirn.

«Geschlagen hat er mich», sagte sie.

«Was bist denn du für ein Weibsbild, wennst ein paar Schläge nicht aushaltst? Das braucht ihr Weiber von Zeit zu Zeit.» Feiersinger kletterte mühsam von seinem Fuhrwerk herunter. Er wischte sich den Schweiß von der Stirn und setzte sich auf die Bank vor dem Haus. Er redete sich zwar ein, alleiniger Herr über seine Familie zu sein, musste aber immer wieder feststellen, dass in seiner Familie alles nach den Köpfen der anderen ging. Die Daucherin brachte ihm einen Schnaps, der ihn fürs erste beruhigte. Nun setzte Elisabeth alles daran, ihrem Vater die veränderte Lage zu erklären. Sie machte ihre Sache zwar gut, doch die Daucherin machte sie besser. Denn die Wut des Vaters wich in dem Ausmaß aus ihm, in dem die Schnäpse der Daucherin in ihn hineindrangen. Schließlich sagte er nur noch: «Mach was du willst. Gegen so einen Sturschädel komme ich sowieso nicht an.» Und zur Daucherin lallte er fast unverständlich: «Dass es einen größeren Dickschädel gibt als mich, hätte ich nie für möglich gehalten.» Dann legte er sich der Länge nach auf die Bank und schlief ein.

20

Virgil Fröschlmoser hatte vor einigen Tagen in Salzburg von einem Geschäftsfreund aus Mühldorf eine Ladung mit Waffen übernommen, vor allem Musketen und Armbrüste, die in einer bayrischen Waffenschmiede hergestellt und nun in die Grafschaft Cilli in der südlichen Steiermark unterwegs waren, wo ein Einfall der Türken befürchtet wurde. Fröschlmoser begleitete die fünf Pferdefuhrwerke, die er für die Ladung aus Mühldorf bereitgestellt hatte, mit einem Fuhrwerk voll eigener Waffen, in der Annahme, man könnte sie im südöstlichen Grenzgebiet brauchen, wo man angesichts der drohenden Gefahr für jede kriegerischer Ausrüstung dankbar wäre.
Da es sich bei den Armbrüsten, Musketen, Schwertern und dem ganzen Rüstungsblech um ältere, nicht mehr handelsübliche Waffen handelte, rechnete er nicht damit, auch nur einen Teil dieses nahezu wertlosen Gerümpels, unter dem sich auch ein schweres Geschütz befand, an irgend jemanden verkaufen zu können.
Gerade die Waffentechnik entwickelte sich in letzter Zeit sehr schnell weiter, zu schnell für Fröschlmoser, der vor einiger Zeit auch in den Waffenhandel einsteigen wollte und schließlich wieder die Finger davon ließ, da die Konkurrenz zu undurchsichtig war. Wohin also jetzt mit dem ganzen wertlosen Schrott, den er damals erworben hatte? Da kam ihm diese Lieferung nach Cilli gerade recht. Er gab seinen Bediensteten Bierbichler und Laub die Anweisung, einen Wagen mit dem ganzen Zeug zu beladen und sich der Wagenkolonne anzuschließen. In der Grafschaft Cilli, so hoffte er, würde er seine minderwertigen Waffen vielleicht gemeinsam mit der hochwertigen Ladung aus Bayern den dortigen Handelspartnern unterjubeln können. Fröschlmoser begleitete

die Fuhre persönlich, um dieses Geschäft zu überwachen, unterwegs neue Kontakte zu knüpfen und seine Beziehungen zu den Beamten in Cilli zu verstärken. Außerdem kam es ihm nicht ungelegen, für einige Zeit aus der Stadt zu verschwinden, da er sich dem Vorwurf der Vergewaltigung einer Salzburger Bürgerstochter gegenüber sah. Das Mädchen hatte an einer Orgie in seinem Haus teilgenommen und sich mit ihm und seinen Freunden vergnügt. Fröschlmoser war derjenige, an den sie sich erinnerte, allein schon wegen seines Gesichts. Er selbst konnte sich an nichts mehr erinnern. Unangenehm war die Sache dennoch, denn der Vater des Mädchens, der nun bemerkte, dass er neben drei Söhnen auch eine Tochter hatte, wurde lästig. Vergewaltigung bestrafte man zwar nur mit Auspeitschung des Täters, aber es ging schließlich um sein Ansehen als Geschäftsmann. Allein schon der Gedanke, dass es den vergewaltigten Frauen erlaubt war, an der Austeilung der Schläge auf Rücken und Gesäß mitzuwirken, hinterließ in Fröschlmoser Abscheu. Er konnte es nicht leiden, wenn sich ihm irgend jemand, besonders eine Frau, von hinten näherte. Vorläufig wollte er Gras über die Sache wachsen lassen. Das tat Fröschlmoser immer, wenn es für ihn unangenehm zu werden drohte, denn die Zeit gehörte zu seinen engsten Verbündeten. Vieles schon löste sich allein durch Abwarten zu seinen Gunsten, während ein anderer durch übermäßig schnelles Vorgehen verlor. Zwei und zwei ergibt fünf, so hielt er es mit den Geschäften, so hielt er es auch mit der Rechtssprechung. Bei den Geschäften bedeutete die Zahl fünf die Vermehrung seines Gewinns, bei der Rechtssprechung bedeutete sie die Person, die für ihn einzustehen hatte. So ritt Fröschlmoser neben dem Wagen her. Die Sonne brannte auf sein Gesicht. Es war ein heißer Bartholomäustag.

Der Erzbischof, dieser Hund, dachte er jetzt. Im Juli hat er zinsenfrei tausend Gulden bei mir ausgeliehen, um Soldaten ins Gebirge zu schicken und die Sicherheit auf den Wegen wieder herzustellen. Dann wählte er den Weg der Verhandlungen und behielt das ganze Geld für sich. Und nun lässt er die Bauern ein Briefgeld bezahlen. Einen von ihnen macht er zum Pfleger und betraut ihn mit der Aufgabe, die Steuern und dieses Briefgeld einzukassieren. Das ist kein schlechter Schachzug. Wenn man den Leuten von oben her eine Hand hinhält, kann man immer damit rechnen, sie in der richtigen Hand zu haben.

Die Wagen mühten sich über den Pass Lueg, der von dem herabgelassenen Geröll wieder geräumt worden war. Einige Bauernkinder verkauften an die Durchreisenden Beutestücke wie Kleider, Lederbeutel, Dolche, Messer und Schwerter, die sie den gefallenen Landsknechten nach dem Kampf abgenommen hatten. Einer bot Fröschlmoser einen eisernen Ring an, auf dem eine Musketenkugel eingeschweißt war. Fröschlmoser kaufte ihn und schob ihn in die Tasche seines neuen braunen Rockes. Er mochte Ringe nicht, doch dieser hier gefiel ihm, er war so einfach und hatte etwas Besonderes.
Auf den Feldern hinter dem Pass Lueg war die Getreideernte in vollem Gang. Fröschlmoser sah die abgeernteten Felder, auf denen die Stangen mit den Garben steckten. Er hasste diese naturverbundenen, nach den Gesetzen der Jahreszeiten lebenden Bauern, die sich den Grenzen von Wetter und Natur fügen mussten und mit dem Ertrag aus ihrer Arbeit immer wieder von vorn begannen. Er liebte das Geld, es hatte keine Grenze, es war unendlich vermehrbar und wuchs vor sich hin, nach den Gesetzen von Markt und Geschäft. Doch diese

Gesetze wurden nicht von der Natur, sondern von Menschen gemacht, waren beeinflussbar und lenkbar. Es machte ihm Spaß, den Bauern bei der Arbeit zuzusehen, wie sie versuchten, der Erde ein zweifelhaftes Überleben abzugewinnen. Und wenn es dieser Erde gefiel, zeigte sie ihnen, wozu sie fähig war und forderte mehr, als sie ihnen gab. Fröschlmoser beschränkte sich auf die Macht über die Menschen, die waren berechenbare, bekannte Größen. Er wollte nehmen, ohne viel dafür geben zu müssen. Das Geben überließ er den anderen. Hinter dem Hagengebirge zog ein Unwetter auf. Fröschlmoser lachte. Diese Bauern haben den ganzen Tag gearbeitet, um nun die Früchte ihrer Arbeit den Launen eines Unwetters zu überlassen. Was sind sie doch für Tölpel. Es ist jedes Jahr das gleiche Spiel.
Fröschlmoser schaffte es nicht mehr, vor dem einsetzenden Gewitter nach Sankt Johann zu gelangen. Er hatte vor, zwei oder drei Tage dort zu bleiben.

«Wie hast dir denn das mit dem Heiraten vorgestellt?», fragte Feiersinger seine Tochter. Elisabeth blickte stur zu Boden.
«Wir schaffen das, mach dir keine Sorgen», sagte Hans.
«Du bist ganz ruhig», meinte Feiersinger und schimpfte. «Wir haben schon Sorgen genug, und nun auch noch das! Wie kann eine nur so dickschädlig sein! Wenn das nur kein Unglück wird!» Dann wandte er sich an einige Gäste, die am Tisch saßen: «Was hat denn die für eine Ahnung? Einen Bauern will sie heiraten! Nichts hat er, gar nichts!»
«Immerhin hat er einen ganz guten Schnaps!», lachte Elisabeth.
«Wenn du einen Bauern heiraten willst, brauchst du die Einwilligung der Herrschaft, die Einwilligung vom Pfleger,

vom Dienstl. Wenn es nicht so traurig wäre, müsste man drüber lachen! Wie in aller Welt willst denn das bewerkstelligen?»

Elisabeth staunte, denn ein Wort wie «bewerkstelligen» hatte sie von ihrem Vater noch nie gehört.

Feiersinger jammerte weiter: «Dein Bräutigam muss den Ehezins zahlen. Woher soll er denn das Geld nehmen, wo er doch nichts hat?»

Bei einer Verheiratung mit einem leibeigenen Bauern war ein Heiratsgeld an den Grundherren zu bezahlen, der sogenannte Jungfernzins, den die Bevölkerung mit eindeutigen Begriffen wie «Stechgroschen» oder «Nagelgeld» bezeichnete.

Daucher sagte: «Ich werde das schon machen, verlasst euch drauf. Bewerkstelligen werde ich das.»

In der Zwischenzeit hatte sich die Wirtsstube gefüllt. Es war vereinbart worden, neuerlich zu beraten, wie es weitergehen sollte. Jeder hoffte darauf, dass Mausrieml eine gute Nachricht vom Erzbischof brachte. Vielleicht war doch alles ein Missverständnis. Doch Mausrieml hatte noch keine Antwort auf seinen Brief an den Erzbischof erhalten und schlug vor, abzuwarten und vorerst nichts zu unternehmen. Der Bestätigungsbrief über die Herabsetzung der Weihsteuer war unbedingt notwendig, man wollte eine Urkunde haben, nur so bekam alles seine rechtmäßige Gültigkeit.

«Bisher ist ja noch nichts passiert», meinte der Haslingbauer und legte seine riesigen Hände flach auf den Tisch.

«Das eine sag ich euch, sobald was passiert, müssen wir was tun, sonst sind wir geliefert», sagte Hans Daucher.

21

Unterdessen gingen auch die Hundstage dieses Sommers zu Ende. Ulrich Dienstl hätte beinahe heulen mögen. Gerade jetzt, da seine berufliche Laufbahn eine Wendung genommen hatte, von der ein verschuldeter Gerbermeister wie er nur träumen konnte, gerade jetzt, da er dabei war, eine wichtige Rolle als Amtsperson zu spielen, gerade jetzt wurde er als derjenige verspottet, dem seine Braut schon vor der Hochzeit davongelaufen war. Er war eine Respektsperson, vor der keiner Respekt hatte. Langsam begann er, die Bauern zu hassen.
Hinter ihm begann Gottlieb Eyerpeck in gewohnter Eintönigkeit zu reden: «Diese Feiersinger ist ein gottloses Luder. Ihr Vergehen wird Konsequenzen haben. Sie hat in mir den Teufel gesehen, den Teufel in der kirchlichen Ordnung. So ein sündiges Verhalten können wir nicht dulden. Es wird nicht schwer sein, ihr einen Bund mit dem Bösen nachzuweisen.»
Dienstl wurde bleich. Er hatte schon von solchen Anklagen gehört und wusste, dass sie mit Folter und Hinrichtung des Angeklagten endeten. «Nein!», schrie er. «Sie kann nichts dafür! Sie weiß nicht, was sie sagt! Die Bauern sind schuld, die haben sie verhetzt!» So tief er auch enttäuscht war, so sehr hatte er Mitleid mit diesem Mädchen, das er immer noch liebte. Und er hatte plötzlich Angst, fürchterliche Angst.
«Vielleicht habt Ihr Recht», sagte Eyerpeck. «Was kümmern uns die Launen eines Weibsbilds. Sofern sie sich in weiterer Folge unauffällig benimmt, und sofern hier keine Zuwiderhandlungen gegen die fürsterzbischöfliche Ordnung geschehen, soll sie vorerst verschont werden.» Er hatte ohnehin erreicht, was er wollte. Dienstl fraß ihm aus der Hand.

Ulrich Dienstl glaubte immer mehr, dass sich Elisabeth allein durch den Einfluss der Bauern gewandelt hatte, dass sie aus unerfindlichen Gründen eine Zuneigung zu diesem Gesindel entwickelte, wovon sie mit allen Mitteln geheilt werden musste. Fast unhörbar sagte er mehr zu sich selbst als zu Eyerpeck: «Was soll ich tun?»
Eyerpeck antwortete: «Ein Pfleger muss für Ordnung in seinem Revier sorgen. Er ist wie ein Förster, der das Kranke ausrottet, um das Gesunde zu schützen.» Eyerpeck ging hinaus in den Burghof zu seinen drei Landsknechten, die gerade ihre Pferde versorgten.
Den Vergleich mit dem Förster verstand Ulrich Dienstl gut. In diesem Augenblick war er fast froh, diesen Eyerpeck bei sich zu haben, weil er Richtlinien und Gesetze verkörperte, die ihm sagten, was er zu tun hatte und ihm das Gefühl gaben, alles richtig zu machen. Manchmal, wenn es schwer erscheint, von sich aus den Unterschied zwischen Gut und Böse zu begreifen, ist es angenehm, sich auf ein gesichertes, erprobtes Gefüge verlassen zu können.

Elisabeth war auf dem Weg zu Hans Daucher, um ihm bei der Roggenernte zu helfen. Vom Hof des Haslingbauern herüber hörte sie Schreie. Sie ging um das Haus herum. Im Hof stand die Bäuerin und schrie inmitten ihrer Kinder, die sich an der Mutter festklammerten. Der Bauer lehnte ohnmächtig und blutüberströmt mit dem Rücken an der Stalltür. Sein Kopf lag schräg. Die Kinder liefen Elisabeth entgegen und zerrten sie zur Mutter, die nun noch stärker schrie. Elisabeth lief zur Stalltür und verstand erst nach einigen Augenblicken, was sie sah. Der Bauer hing mit beiden Armen ausgestreckt da, seine Handflächen waren mit Nägeln an die Stalltür genagelt. Elisabeth musste sich fast übergeben. «Eine Zange, eine

Beißzange!», schrie sie. Die Bäuerin rührte sich nicht von ihren Kindern weg. Elisabeth drängte die Kinder beiseite und packte die Bäuerin an den Schultern. «Eine Beißzange, schnell!», schrie sie und schüttelte die Frau aus ihrer Starrheit.
«Im Stall, neben der Tür», stammelte die Bäuerin, stellte sich vor ihren Mann und versuchte ihn zu stützen. Elisabeth rannte in den Stall, wo sie schließlich eine rostige Beißzange fand. Die Bäuerin hatte Mühe, ihren Mann in der Weise zu halten, um zu verhindern, dass die Wunden an den Händen durch das Gewicht seines Körpers noch größer wurden. Nachdem Elisabeth die beiden Nägel aus dem Holz gezogen hatte, sackte der Bauer zusammen. Die Frau legte vorsichtig seinen Kopf in ihren Schoß und redete auf ihn ein.
«Gott sei Dank, er lebt noch», sagte Elisabeth. Eines der Kinder lief ins Haus und holte ein Tuch, das die Bäuerin in Streifen riss, um damit die Wunden an den Händen ihres Mannes zu verbinden.
«Wer war das?», fragte Elisabeth.
«Männer aus Goldegg», sagte die Bäuerin. «Drei Männer, sie haben Kapuzen aufgehabt. Sie sind wegen einer neuen Steuer gekommen. Der Bauer hat gesagt, es gibt keine neue Steuer, das hat uns der Weißpriacher versprochen. Die Männer haben gelacht. Und weil wir nicht zahlen können, haben sie den Bauern gepackt. Einer hat gedroht, ein Kind nach dem anderen zu erschießen, wenn er sich wehrt. Dann haben ihn die beiden anderen an die Stalltür genagelt. Weil er keine Ehrfurcht vor unserem Gott hat, haben sie gesagt. Weil er ein gotteslästerlicher Aufrührer ist. Weil unser Jesus auch für uns gelitten hat am Kreuz, haben sie gesagt.» Sie weinte. «Das soll für das ganze Gesindel hier in der Gegend eine Warnung sein, haben sie gesagt.»

22

Der Haslingbauer war fortan an beiden Händen gelähmt. Er würde sein Leben lang Schmerzen haben und für seine Familie eine Last werden, da er für die Arbeit nicht mehr zu gebrauchen war, ein unnützer Essen, den man womöglich auch noch füttern müsste. Der Bäuerin wäre es da schon fast lieber gewesen, er wäre gleich gestorben. «So ein Unglück», jammerte sie immer wieder.

Jeder sprach von Kreuzigung. Allen war klar, dass etwas geschehen musste. Hans Daucher, der von Elisabeth als erster von der Kreuzigung des Haslingbauern erfuhr und es anfangs nicht glauben konnte, ließ die Bewohner der Gegend und seine Kameraden, die mit ihm am Pass Lueg gekämpft hatten, verständigen. Nun hatten sie sich im Wirtshaus zum Goldenen Kreuz versammelt.

Keiner sprach es aus, doch jedem war klar, dass diese Grausamkeiten zwar vom Erzbischof ausgegangen, aber von den Männern aus Goldegg verübt worden waren. Und an der Spitze dieser Männer stand Ulrich Dienstl. Hatte Bodo von Schernberg seinen Untertanen ins Gesicht gegrinst, wenn er seine Forderungen durchsetzte, so stülpte sich der neue Pfleger eine Kapuze über den Kopf, um sein Gesicht nicht öffentlich herzuzeigen. Man konnte sich diesen radikalen Wechsel in der Gesinnung ihres ehemaligen Hauptmanns und Anführers am ehesten durch den Aufstieg in das Amt eines Pflegers und den damit verbundenen Gehorsam erklären. Vielleicht spielte auch die Enttäuschung über Elisabeth Feiersinger, die ihn vor der Hochzeit im Stich gelassen hatte, eine gewisse Rolle. In Wirklichkeit aber konnte sich keiner einen Reim auf diese brutale Vorgangsweise machen. Viele verstanden nun Elisabeth Feiersinger, die richtig gehandelt hatte, dem Ulrich Dienstl vor der Hochzeit davonzulaufen. Denn wer zu so einer Grausamkeit, wie sie dem Haslingbauern angetan worden war, fähig sein konnte, der war alles andere als ein guter Mensch.

Hans Daucher bemühte sich, den alten Kampfgeist in seinen Kameraden aufzuwecken, er erinnerte sie an Schloss Schernberg und an den Kampf am Pass Lueg, doch verstand er auch, dass es nie wieder so werden würde, wie es schon war, dass er diesmal völlig allein dastand mit seiner Wut und mit der Wut der anderen. Ihm fehlte Leonhard Pfeiffenberger, der genau gewusst hätte, was nun zu tun wäre.

Rudolf Trauner, ein bedächtiger Mann, Bäcker aus Bischofshofen und Verteidiger des Pass Lueg sagte: «Ich habe mit Ulrich Dienstl gekämpft und verstehe nicht, warum er jetzt so anders geworden ist. Aber die Beweise liegen auf der Hand.» Dabei nahm er den rechten Arm des neben ihm sitzenden Haslingbauern und hielt ihn in die Höhe. Man hielt diese Art der bildhaften Darstellung zwar für übertrieben, wusste jedoch, dass die Ausdrucksweise der Bischofshofener allgemein dafür bekannt war, rätselhaft und umständlich zu sein.

Plötzlich schrie ein Holzknecht mit roten Haaren, den sie den Gfuchsten nannten: «Auf geht's!» Dann strahlte er über das ganze Gesicht, als ob er es nicht erwarten konnte, wieder eine Waffe in die Hände zu nehmen. Man kannte den Rothaarigen nur flüchtig, wusste aber, dass er damals am Pass Lueg dabei war und den einen oder anderen Landsknecht getötet hatte.

«Goldegg soll brennen!», rief Hans Daucher so, wie er damals zum Sturm auf Schernberg aufgerufen hatte. Doch damals war er nicht allein, damals waren Pfeiffenberger und Dienstl bei ihm.

«Wir haben keine Ausrüstung, wir haben nicht einmal Waffen», sagte Rudolf Trauner.

Nun erhob ein Mann die Stimme, den man noch nie in dieser Gegend gesehen hatte. An seiner Sprache merkte man gleich, dass er nicht aus dem Gebirge stammte, denn sie klang weicher und breiter. «Ich bin auf der Durchreise nach Kärnten und habe eine Wagenladung Kriegsgerät bei mir. Wenn wir uns einig werden ...»
Der Grabenbauer unterbrach den Fremden: «Womit sollen wir denn das zahlen?»
Der Fremde lächelte: «Ihr habt schon einmal die Straße in den Süden abgeriegelt, ihr werdet es wieder tun, so zwingt ihr den Erzbischof in die Knie. Ich komme aus der Stadt, und ich sage euch, dort habt ihr nicht nur Gegner, sondern auch Bewunderer. Ich bin keiner, der Geld von euch verlangt, das ihr nicht habt. Ich überlasse euch meine Waffen auch so. Als Gegenleistung will ich nichts anderes als das Recht, als einziger Händler dieser Welt ohne Schwierigkeiten durch das Gebirge ziehen zu können.»
Das war ein interessantes Angebot, über das keiner lang nachdenken musste. Bei diesem Handel hatte man nichts zu verlieren. Noch am selben Abend nahmen Hans Daucher und die anderen in der Nähe von Sankt Johann eine Wagenladung voll Waffen in Empfang. Besonderes Interesse galt dem als Anhänger vom Wagen gezogenen schweren Geschütz, mit dem sie die Mauern der Burg Goldegg zu brechen hofften. Unterdessen setzte Mausrieml ein entsprechendes Schreiben für den fremden Händler auf.

Während des Aufenthalts in Sankt Johann hatte Bierbichler von Fröschlmoser die Aufgabe erhalten, den Lauf der Ereignisse zu beobachten und bei Bedarf den Bauern diese alten Waffen zu verkaufen. Fröschlmoser selbst wollte sich den Gebirgsbewohnern wegen seines unvorteilhaften Gesichts nicht zeigen. Bierbichler überbrachte ihm das von Mausrieml im Namen der Aufständischen unterschriebene Papier, das ihm zeitlebens als einzigem Händler dieser Welt freie Durchfahrt nach Norden und nach Süden versprach. Nach den jüngsten Vorfällen glaubte Fröschlmoser, dass die Bevölkerung im Gebirge keinen anderen Ausweg sah, als sich wiederum gegen ihren Landesfürsten zu erheben. Auch wenn dieser neuerliche Aufstand und die damit verbundene Abriegelung der Verkehrswege vielleicht nur einige Wochen dauerten, würde es Fröschlmoser genügen, um davon zu profitieren und einen Vorsprung gegenüber seinen Konkurrenten herauszuholen. Er fühlte, dass einiges in der Luft lag, konnte den weiteren Verlauf der Ereignisse und ihren Einfluss auf seine Geschäfte förmlich riechen und sah keine Veranlassung mehr, weiter nach Südosten zu reisen. Er schickte seine Bediensteten Bierbichler und Laub mit den Wagen in die Grafschaft Cilli und ritt nach Salzburg zurück.

Auch Gottlieb Eyerpeck wollte nach Salzburg zurück, es war ihm und den Leuten in Goldegg nicht entgangen, dass sich in der Gegend etwas zusammenbraute. Er war angewidert vom Schmutz dieser Menschen und von der rohen Gewalt, die jederzeit ausbrechen konnte, doch hatte er Angst, seine ihm anvertraute Aufgabe im Stich zu lassen. Schließlich stand seine Beförderung zum Hofmarschall auf dem Spiel. Also musste er im Gebirge bleiben, bis alles geregelt sein würde.
Er schickte einen Landsknecht nach Salzburg, um dem Erzbischof über die Vorfälle zu berichten und massive Verstärkung anzufordern. Denn ein neuerlicher Kampf, so sagten alle, wäre unausweichlich, Verhandlungen sinnlos. Noch dazu hörte man, dass sich die Aufständischen aus unbekannter Quelle Waffen besorgt hatten.

Dienstl, der von Eyerpeck die Möglichkeit erhalten hatte, Sold auszuzahlen, stellte in der Zwischenzeit einige verlässliche Männer aus der Gegend in seinen Dienst, um die Verteidigung der Burg Goldegg vorzubereiten. Da es nicht leicht war, geeignete Leute für diese Aufgabe zu finden, weil die meisten nach den letzten Vorfällen dem neuen Pfleger in Goldegg aus dem Weg gingen, lag es hauptsächlich an Eyerpeck, die Leute zum Dienst zu überreden. Der Leitenbauer und seine Frau waren bei den ersten, die Eyerpeck anstellte. Die Leitenbäuerin hatte vor einiger Zeit aus der Sakristei von Sankt Veit eine Hostie gestohlen, die sie in einen ihrer Bienenstöcke legte, um so das Bienenvolk, das in diesem Jahr plötzlich krank geworden war, wieder gesund zu machen. Diese Geschichte, die jeder in der Gegend kannte, erfuhr auch Eyerpeck, der sie zum Anlass nahm, der Leitenbäuerin und ihrem Mann zu drohen, wegen Gotteslästerung und Ketzerei angeklagt zu werden oder lieber für den neuen Pfleger zu arbeiten. Sie und ihr Mann hatten keine Wahl.

23

Meistens muss man nachhelfen, um Erfolg zu haben, doch manchmal erledigen sich die Dinge auch von selbst. Das liebte Fröschlmoser am meisten. Jene Salzburger Bürgerstochter, die nach der Vergewaltigung während einer Orgie in Fröschlmosers Haus mit Hilfe ihres Vaters Anklage erstatten wollte, war vor einigen Tagen verstorben. Sie sei in ihrem Haus die Treppe hinuntergefallen und habe sich dabei das Genick gebrochen, hieß es, doch hinter vorgehaltener Hand erzählte man sich, dass sie aus unbekannten Gründen – wahrscheinlich war sie schwanger und wusste nicht von wem – von ihrem Vater so lange verprügelt worden war, bis sie nicht mehr aufstand. Als Fröschlmoser nach seiner Ankunft in Salzburg davon erfuhr, sah er sich in seinem Handeln bestätigt, wieder einmal zur richtigen Zeit verschwunden zu sein. Gern ließ er die Zeit als einen seiner wichtigsten Geschäftspartner für sich arbeiten.

«Schrecklich», sagte die Frau des Grafen Laun in ihrem Haus in der Steingasse. «Das arme Mädchen.»

«Arm sind höchstens die Eltern, das Mädchen spürt ja nichts mehr», gab der danebensitzende Graf Laun zu bedenken. Und Margarethe Gugl, die Witwe eines Textilunternehmers und Erbin eines gutgehenden Geschäftes, das sie gerade mit größter Umsicht unter dem Beifall der Salzburger Geschäftsleute zugrunde richtete, sagte nur: «Ein furchtbarer Unfall, wenn es überhaupt ein Unfall war.»

«Gott sei ihrer Seele gnädig», meinte der Dompropst Bernhard von Rohr, dessen Gedanken auch jetzt um den unterirdischen Gang kreisten, der von seinen Gemächern zu einem Teil seiner Dienerschaft führen sollte und Baustelle war, weil Burkhard von Weißpriach alles daran

setzte, die Bauarbeiten zu verschleppen. Aber irgendwann werde ich Erzbischof sein, dann wird alles anders, dachte er und blickte dabei zu Burkhard hin, der ihm gegenüber saß und gerade eine Hühnerkeule abnagte. Burkhard hasste es, Hühnerkeulen abzunagen, noch dazu, wenn sie so fett waren wie diese hier. Er hasste es außerdem, beim Grafen Laun eingeladen zu sein, einmal im Jahr jedoch musste er diese gesellschaftliche Pflicht über sich ergehen lassen. Denn Graf Laun war einer der wichtigsten Vertreter des Salzburger Adels.
«Und ich sage Ihnen», sagte Margarethe Gugl, «es war kein Unfall. Aber ich habe nichts gesagt.»
«Noch etwas Limonade?», fragte schließlich die Gräfin von Laun und goss, ohne die Antwort abzuwarten, der Gugl Birnenlimonade in ihren Becher, sodass er überging. Ein hinter ihr stehender Diener wunderte sich darüber, da doch der Becher jener Frau mit dem Doppelkinn und der turmartigen Frisur noch fast bis oben hin voll war. Den folgenden strafenden Blick seiner Herrin ignorierte er, beobachtete die Gugl und dachte, dass der Begriff Doppelkinn nicht richtig war, denn bei genauem Hinsehen handelte es sich mindestens um ein dreifaches.

Der Raum roch nach Nelkenwasser, das man vor Ankunft der Gäste ausgiebig versprüht hatte. Jeder der Anwesenden wusste, dass ihr Gastgeber, der Graf Laun, an Blähungen litt, die er auch bei bestem Willen nicht im Zaum halten konnte und die mit zunehmendem Alter heftiger wurden. Manchmal stand er auf und ging kurz vor die Tür. Die Gäste saßen bereits eine Weile mit den Gastgebern zusammen, sodass mehr und mehr der Geruch des Nelkenwassers vom Geruch der Speisen, in der Hauptsache gebratenes Huhn und gekochte Eier in Essig, die bei den Launs immer auf der Speisekarte stan-

den, überdeckt wurde. Dazu mischten sich nach und nach die ungehaltenen Düfte des Grafen. In der Hauptsache jedoch roch es nach gekochten Eiern.
Der Erzbischof versuchte, die Reste der Hühnerkeule von seinen Fingern zu lösen und auf den Teller zu legen. «Man spricht davon, dass einige Türken die südöstlichen Teile des Reiches bedrohen», sagte er.
«Einmal sind es die Bauern im Gebirge, einmal sind es die Türken. Hat man denn nie seine Ruhe?», meinte Graf Laun wütend, und seine Frau fügte hinzu: «Wenn nur der häusliche Frieden nicht darunter leidet. Am wichtigsten ist doch die Zufriedenheit in den eigenen vier Wänden.»
«Mit diesen Bauern konnte man wenigstens verhandeln, mit den Türken niemals!», mischte sich Bernhard von Rohr ein. «Kein ehrbarer Christenmensch würde sich mit einem Ungläubigen an einen Tisch setzen. Da könnte er ja genauso gut mit dem Teufel persönlich reden.»
Der Erzbischof nickte ihm wohlwollend zu und dachte, dass Bernhard spätestes dann Gelegenheit haben werde, mit dem Teufel persönlich zu reden, wenn dieser ihn holen komme. Und er hoffte, diesen Tag bald zu erleben.
«Wozu haben wir eigentlich verhandelt?», schimpfte Graf Laun. «Dieses Lumpengesindel im Gebirge brütet schon wieder etwas Gotteslästerliches aus. Aber diesmal wird mit energischer Hand durchgegriffen.»
«Hoffentlich kommen sie nie nach Salzburg, sonst ist es aus mit dem häuslichen Frieden», flehte die Gräfin von Laun, und ihr Gatte griff sich wegen dieser einfältigen Beurteilung einer politisch höchst gefährlichen Angelegenheit an die Stirn.
«Dann würde es uns allen so ergehen wie der Familie des armen verstorbenen Mädchens. Dort gibt es auch keinen häuslichen Frieden mehr», sagte die Gugl, die in der

Zwischenzeit genügend Zeit gehabt hatte, alles in ihrem Mund Befindliche hinunter zu schlucken.
«Jeder findet seinen Frieden bei Gott.» Mit diesen Worten wollte der Erzbischof das für ihn absolut uninteressante Thema beenden, doch die Gugl ließ nicht locker und meinte, nachdem sie von einem Ei abgebissen hatte, zu kauen begann und nach der Limonade griff: «Man hört, dass der Vater seine Hand im Spiel gehabt hat.»
Dann sagte sie noch etwas Unverständliches, weil ihr der Mund, noch voll mit dem Ei, die Artikulation erschwerte.
«Meinen Sie die Türken?», fragte Bernhard, im Glauben, damit wieder auf den Boden einer handfesten außenpolitischen Diskussion zu kommen. Frau Gugl wollte gerade sagen, sie meine den Unfall des Mädchens, der kein Unfall war, als sich Frau von Laun eilig einmischte: «Sie meint doch den Heiligen Vater in Rom, nicht wahr?», Sie wollte ebenso wie die anderen nicht, dass weiter über die Angelegenheit des verstorbenen Mädchens geredet würde. Es ging schließlich um eine angesehene Salzburger Familie, die sie von so einer dahergelaufenen Gugl nicht in den Schmutz ziehen lassen durfte. Man konnte zwar von dieser oder jener unglückseligen Angelegenheit reden und sich auch seine tieferen Gedanken dazu machen, doch galt es als unschicklich, diese Gedanken auch auszusprechen.
«Noch ein paar Eier, Frau Gugl?» Diesmal hatte der Diener verstanden und stellte ihr die Schüssel mit den Eiern in Essig direkt vor das Gesicht.
«Und man sagt auch, dass das ganze Unglück daher kommt, weil sie an einer Orgie im Haus eines Salzburger Geschäftsmannes teilgenommen hat.» Frau Gugl wurde etwas leiser, fast verschwörerisch klangen ihre letzten Worte. Es war höchst erstaunlich, dass jemand so viel

reden und gleichzeitig so viele Eier essen konnte. Sie wollte fortfahren, doch Frau von Laun unterbrach sie: «Was es alles gibt in unserer Stadt. Und niemand ist Manns genug, dem Einhalt zu gebieten.» Sie piepste ihre Sätze so lustvoll angewidert hervor, dass man meinte, sie wünschte selbst, einmal so eine Orgie am eigenen Leib zu erleben. Und Bernhard von Rohr dachte daran, wie schön und unbeschwert das Leben erst nach abgeschlossener Renovierung des unterirdischen Ganges werden würde.

Plötzlich stand der Erzbischof so unerwartet ruckartig auf, dass das vor ihm stehende kleine Salzfässchen aus Silber umfiel. Er verabschiedete sich von den Anwesenden mit dem Hinweis, ihm sei ein wichtiger Termin eingefallen, den er sofort wahrzunehmen hätte und verließ die Gesellschaft, während sich das Gespräch wieder den Türken und Frau Gugl weiter den Eiern zuwandte. Man wunderte sich zwar über den schnellen Aufbruch des Erzbischofs, doch kannte man ihn als einen Mann der schnellen Entschlüssen.

Als das Gespräch auf jenen Salzburger Geschäftsmann kam, in dessen Haus diese Orgie stattgefunden hatte, schoss es dem Erzbischof wie ein Blitz durch den Kopf: «Ich habe eine Verabredung mit Fröschlmoser!» Er musste augenblicklich in die Residenz, trieb den Kutscher an und fragte sich, warum ihn sein Gedächtnis im Stich gelassen hatte. Dieses fette Huhn, diese eigenartigen Gerüche, diese geschwätzigen Weiber, dieses blöde Grinsen des Dompropstes waren wohl Schuld daran. Und er beruhigte sich wieder, denn er hatte eine Schuld gefunden, die nicht bei ihm lag. Das war das Wichtigste.

Virgil Fröschlmoser wartete bereits. «Mein lieber Fröschlmoser», begrüßte ihn der Erzbischof und bat ihn in sein

Arbeitszimmer, «wichtige Termine ließen mich zu spät kommen, er weiß ja, die Türkengefahr und so weiter und so fort.» Fröschlmoser ging in die Knie, küsste den Ring seines Landesherren und legte Nachsicht in sein entstelltes Gesicht. «Ich habe keine Eile», sagte er.
«Wie gehen die Geschäfte, lieber Fröschlmoser?» Der Erzbischof blickte wie immer ganz knapp an ihm vorbei.
«Danke, hochfürstlicher geistlicher Herr, ich klage nicht.» Und er dachte an die Schulden des Erzbischofs, an die fünftausend Gulden, die er ihm geliehen hatte, um das Schmiergeld für seine Ernennung zum Erzbischof an den Vatikan zu bezahlen, an die zweitausend Gulden für die Kosten anlässlich seiner Ernennung zum Kardinal und an die tausend Gulden, die der Erzbischof zinsenfrei von ihm erpresst hatte. Es ärgerte ihn noch immer, dass er damals auf diesen Handel eingehen musste. Er hatte dem Erzbischof das Geld für die Ausrüstung von Soldaten geliehen, um sie ins Gebirge zu schicken und die Sicherheit der Handelswege zu gewährleisten. Anstatt den Aufstand niederzuschlagen, wählte der Erzbischof den billigeren Weg der Verhandlungen und sparte sich das Geld.
«Ich habe alles versucht, lieber Fröschlmoser», begann der Erzbischof, «doch dieses Gesindel im Gebirge gibt keine Ruhe. Es hat sich nicht an unsere Vereinbarungen gehalten. Nun muss ich leider noch einmal tief in die Tasche greifen und bitte ihn, mich mit dreitausend Gulden zu unterstützen, um diesem Spuk ein für allemal ein Ende zu bereiten. Noch dazu scheint dieses räuberische Pack jetzt sogar bewaffnet zu sein. Weiß Gott, woher diese Waffen stammen!»
Ob Gott das wusste, war Fröschlmoser in diesem Augenblick gleichgültig, Hauptsache, er wusste es. Der Fürsterzbischof schien wirklich zu allem entschlossen. Er hatte

auch allen Grund dazu, denn seine Nachbarn, der Erzherzog von Österreich und die bayrischen Herzöge, unter ihnen auch sein Vertrauter, der Herzog Ludwig von Niederbayern-Landshut, verlangten jetzt von ihm, seine inneren Probleme raschest in den Griff zu bekommen, um eine mögliche Ausweitung des Aufstandes in die benachbarten Länder zu verhindern. Schon im Juli hatte der Erzherzog von Österreich gemeint, dass Verhandlungen mit Lumpen nichts taugten. Nun fühlte er sich in seiner Meinung bestätigt und ließ seine in der Nähe des Attersees stationierten Söldner in Alarmbereitschaft versetzen, um sie, wenn nötig, auf schnellstem Weg ins Erzbistum Salzburg schicken zu können. Es käme ihm sehr gelegen, einen Teil seiner Landsknechte im Westen – er hatte dort drei Heere zu je dreihundert Mann, die schon seit einiger Zeit tatenlos herumlungerten und die Bevölkerung verunsicherten – sinnvoll zu beschäftigen und in Marsch zu setzen. Für seine nachbarschaftliche Hilfe in Form von ungefähr sechshundert Landsknechten verlangte er lächerliche dreitausend Gulden, was dem Erzbischof sehr günstig erschien, denn der Herzog von Niederbayern-Landshut würde für die selbe Anzahl von Soldaten mehr verlangen. Der Erzbischof von Salzburg selbst hatte keine Truppen zur Verfügung. Er glaubte immer an den Weg der Verhandlungen, der wesentlich billiger als alles andere war. Nun schien dieser schöne Weg endgültig versperrt.

«Er weiß ja, lieber Fröschlmoser, dass die Sicherheit der Handelswege auch in seinem Interesse liegt. Das wiederum funktioniert nur durch die Bereitstellung eines entsprechenden Heeres.» Fröschlmoser ordnete in aller Ruhe seine Gedanken. «Deshalb», fuhr der Erzbischof fort, «sollte er auch diesmal, sofern er mir die Summe von dreitausend Gulden zu leihen gedenkt, wovon ich ausgehe,

aus den bekannten Gründen auf die Zinsen verzichten. Ich habe meinerseits auch die anderen Salzburger Geschäftsleute von meiner Absicht unterrichtet und um entsprechende Hilfe gebeten.»
Fröschlmoser wusste, dass von allen Salzburger Geschäftsleuten nur er allein so eine große Summe sofort flüssig machen konnte. Doch würde er das sicher nicht ohne eine entsprechende Gegenleistung tun. Salz! Er wollte Zugang zum Geschäft mit dem Salz.
«Auf Gold kann man verzichten, aber nicht auf Salz», spottete sein größter Konkurrent in der Salzburger Geschäftswelt, Wilhelm Aygl, anlässlich einer Zusammenkunft in seinem prunkvoll erbauten Ayglhof. Fröschlmoser, der aus Thalgau stammte und von den Salzburger Bürgern aus der Stadt als Zugereister und folglich als minderwertig angesehen wurde, vertrug viel, nur nicht, lächerlich gemacht zu werden. Und so wuchs der feste Wille in ihm, diesem aufgeblasenen Wilhelm Aygl, einem der führenden Salzhändler im Land, einen Teil seiner Marktanteile wegzunehmen.
«Eminenz», begann Fröschlmoser, «ich bin ganz Eurer Meinung, diesem gotteslästerlichen, staatsgefährdenden und geschäftschädigenden Treiben im Gebirge endlich energisch Einhalt zu gebieten. Deshalb bin ich bereit, Euch die geforderte Summe von dreitausend Gulden zu leihen.»
«Ich wusste, dass wir auch diesmal wieder gemeinsam an einem Strang ziehen, lieber Fröschlmoser.» Fast hätte er ihm direkt ins Gesicht geblickt.
«Jedoch», fuhr Fröschlmoser nach einer kurzen Pause fort, «fordere ich sozusagen als bescheidene Zinsen für diese hohe Summe die Übertragung des Rechtes, Salz aus den erzbischöflichen Bergwerken auf dem Dürrnberg zu erwerben. Ich beabsichtige, in den Salzhandel einzu-

steigen, damit meine ich vorerst ganz bescheiden den Salzhandel auf dem Landweg.»
Die Salzbergwerke im Land waren zum größten Teil im Besitz des Erzbischofs, den Handel mit Salz jedoch beherrschten einige reiche Familien aus der Stadt Salzburg und aus Hallein, die das Salz direkt an der Saline kauften. Wilhelm Aygl gehörte zum kleinen Kreis dieser Familien, die dafür sorgten, dass die Erzbischöfe ihr Salz immer an dieselben Unternehmer verkauften. Für einen Neuen war es also fast unmöglich, in den Salzhandel einzusteigen.
Der Erzbischof wurde mit einem Male bleich und sagte: «Handelswege, Pass Lueg, Geschäfte, ich weiß, was das alles für ihn bedeutet, Fröschlmoser, das ist gleichsam Eure Lebensader.»
«Eminenz, mein Angebot ist klar.»
«Fröschlmoser! Besinn er sich eines Besseren!» Der Erzbischof schrie. Als ein Diener, von diesem ungewohnten Lärm aufgeschreckt, in den Raum kam, beruhigte sich der Erzbischof schnell, um vor der Dienerschaft nicht als unbeherrscht dazustehen. «Ich habe niemanden gerufen», sagte er. Der Diener verschwand so schnell, wie er gekommen war.
«Ich habe mich besonnen, Eminenz.» Virgil Fröschlmoser faltete seine Hände.
«Ich verlange etwas mehr Verständnis von ihm!», sagte Burkhard, der nun wieder so gefasst wie immer war.
«Ich habe Verständnis, Eminenz», sagte Fröschlmoser, «und rate Euch, auf die Unterstützung der anderen Salzburger Geschäftsleute zurückzugreifen.»
Mit seiner von den aufständischen Bauern unterzeichneten Durchfahrtserlaubnis über den Pass Lueg konnten ihm die Drohungen des Erzbischofs gleichgültig sein. Er verbeugte sich als Zeichen seiner Verabschiedung und

ging mit dem Rücken voran zur Tür. Da hörte er leise wie aus einer anderen Welt: «Landweg hat er gesagt?»
Fröschlmoser blieb stehen, noch immer nach vorn gebeugt: «Ihr wisst ja, ich bin ein Fuhrunternehmer und kein Schiffskapitän.» Fröschlmoser wusste, dass er, sobald er das Recht hatte, Salz auf dem Land zu transportieren, bald auch zum lukrativeren Wasserweg auf der Salzach Zugang haben würde. Zur Zeit besaß er ohnehin noch keine Salzschiffe, Fuhrwerke jedoch in jeder gewünschten Menge.
«Einverstanden», sagte der Erzbischof, «Salzhandel zu Lande». Er musste mit allen Mitteln die unsichere Lage endlich in den Griff bekommen.
«Vorerst», ergänzte Fröschlmoser, «mit der Einräumung einer Möglichkeit des späteren Salzhandels auf dem Wasser». Nun blickte der Erzbischof seinem Gegenüber direkt ins Gesicht und nickte erschrocken. Dann wandte er sich schnell ab und sah angestrengt mit unendlich starrem Blick aus dem Fenster. Fröschlmoser drehte sich um und ging.
Zufrieden rieb Fröschlmoser mit der rechten Hand den eisernen Ring an seiner linken. Diesmal schien die Sache so gut für ihn zu stehen wie schon lange nicht, er könnte endlich seinen Traum verwirklichen und der größte Geschäftsmann Salzburgs werden, der Mann mit der geringsten Schönheit und mit dem meisten Geld. Er würde in das Salzgeschäft einsteigen können, in diese eingeschworene Gemeinschaft Salzburger Geschäftsleute, die ihn immer verachtet und von oben herab behandelt hatten. Und er würde diesen arroganten Aygl das Fürchten lehren, denn er war fest dazu entschlossen, früher oder später einen Großteil des gesamten Salzhandels zu übernehmen und seine Konkurrenten nach und nach auszuschalten.

Er freute sich über die fortschreitende Abhängigkeit des Erzbischofs und rechnete mit einer neuerlichen Besetzung des Pass Lueg. Und er hatte als einziger das verbriefte Recht, seine Waren, gegen Entgelt natürlich auch die Waren anderer Geschäftsleute, sofern sie seinen Interessen nicht in die Quere kamen, über den Pass zu transportieren. Die Truppen des Erzherzogs von Österreich sammelten sich an der Grenze des Erzbistums. Bis ein Heer von sechshundert Mann in Bewegung gesetzt werden konnte, um den Aufstand im Gebirge niederzuschlagen, würde Fröschlmoser bereits einen Großteil seiner Geschäfte über den Pass Lueg abgewickelt haben. Der Erzherzog von Österreich würde alles daran setzen, mit seinen Truppen in Salzburg einzumarschieren und dem Erzbischof beizustehen, schließlich war das vielleicht ein erster Schritt, das Erzbistum Salzburg doch eines Tages in das österreichische Staatengebilde einzugliedern. Die Schwäche des Erzbischofs war die Stärke des Erzherzogs. Dieser neuerliche Aufstand brachte also durchaus jene Vorteile, die Fröschlmoser vorausgesehen, berechnet und geplant hatte. Planen und Rechnen waren schon immer seine besondere Stärke. Beim Vorausdenken seiner Züge und beim Berechnen der Pläne seiner Gegner glich er einem Schachspieler. Fröschlmoser spielte gern Schach, es war die einzige Tätigkeit, die ihn von seinen Geschäften wirklich ablenken konnte.
Der schon seit Tagen anhaltende Föhn stieg ihm in den Kopf. Er ging gerade an der nördlichen Mauer der erzbischöflichen Residenz entlang, als ihn eine alte Frau ansprach, um ihm eine kleine geschnitzte Holzstatue des Heiligen Dionysius, der besonders bei Föhn gegen Kopfschmerzen helfen sollte, zu verkaufen. Als sich Fröschlmoser zu ihr hindrehte und sie sein zerstörtes

Gesicht sah, bekreuzigte sie sich schnell und hielt sich ein Kruzifix schützend vor die Augen. Sie musste neu in der Stadt gewesen sein.

Burkhard von Weißpriach war den Geschäftsleuten, die den Salzhandel beherrschten, im Wort, keinen weiteren Unternehmer daran zu beteiligen. Das waren ungeschriebene Gesetze, an denen nicht gerüttelt wurde. Andererseits dachte er auch daran, dass ihm keiner von ihnen geholfen hätte, seine finanzielle Lage zu verbessern. Da mussten sie es schon erdulden, dass neue Konkurrenz entstand. Der schlaue Eyerpeck hätte sicher gewusst, wie man den angestammten Salzhändlern den neuen Konkurrenten schmackhaft machte. Aber wo war Eyerpeck? Eyerpeck war in Goldegg.
«Eyerpeck!», zischte der Erzbischof. «Wozu habe ich diesen Eyerpeck eigentlich ins Gebirge geschickt? Keine Spur von Ruhe und Ordnung hinter dem Pass! Barbaren, lauter Barbaren! Und so einen soll ich zum Hofmarschall ernennen?» Wütend schlug er mit der Faust auf die Kommode in seinem Arbeitszimmer. Darauf lag der Holzsplitter des Heiligen Kreuzes. Nach langem Nachdenken hatte der Erzbischof die beiden auseinandergebrochenen Teile endlich wieder liebevoll zusammengeleimt und zum Trocknen auf die Kommode gelegt. Durch die Wucht der aufschlagenden Faust verrutschte der Splitter jedoch auf so unglückliche Weise, dass er zu Boden fiel und an einer anderen Stelle als an der schon geleimten einen Sprung bekam. Als der Erzbischof das Stück vom Boden aufhob, zerbrach es in drei Teile.

24

Ulrich Dienstl überwachte den Ausbau der Wehranlagen, Gottlieb Eyerpeck überwachte Ulrich Dienstl. Da ein neuerlicher Aufstand unmittelbar bevor stand und sich der Zorn gegen Goldegg richten würde, rechnete man mit einem Angriff auf die Burg. Es blieb wenig Zeit, die Burg wehrhaft herzurichten, also beschränkte man sich auf notwendige Ausbesserungsarbeiten an den Mauern. Das hölzerne Burgtor war der größte Schwachpunkt. Es war durch keinen Graben geschützt, noch dazu hatte es wie alle Holzbauten in der Burg unter dem Verfall der letzten Jahre gelitten. Über dem Burgtor errichtete man einen behelfsmäßigen Gusserker, aus dem man Steine, heißes Pech und anderes auf die Angreifer hinabschütten könnte. Es gab kein einziges Geschütz. Unter den angeheuerten Männern aus der Gegend waren wenige Bewaffnete, die Armbrüste und Musketen aber reichten bei weitem nicht aus, um auch nur ein Drittel der Mannschaft, die sich auf knapp dreißig Mann belief, ordentlich auszurüsten. Es galt, die Burg zu halten, bis Verstärkung aus Salzburg kommen würde. Fünf Männer durchstreiften die Gegend, um Vorräte für Goldegg zu erwerben. Dieser Erwerb war nichts anderes als ein Raubzug. Bis sich die Leute aus der Gegend zusammenfanden, um gemeinsam ihr Hab und Gut zu schützen, war der Raubzug vorbei und die Burg Goldegg mit Lebensmitteln ausgerüstet, die ihre Mannschaft zwei bis drei Wochen versorgen konnten.

Ulrich Dienstl sagte schon seit einigen Tagen fast kein Wort mehr. Er hatte von der Kreuzigung des Haslingbauern gehört und war entsetzt darüber. Noch mehr entsetzte ihn, dass man ihn mit dieser Tat in Zusammenhang brachte, dass man ihm ein solches Vorgehen gegen

seine ehemaligen Kameraden zutraute. Es gab keine Gelegenheit, mit jemandem darüber zu reden und die Sache vielleicht aufzuklären, die einen sammelten sich hasserfüllt zu einem Aufstand, die anderen waren fieberhaft damit beschäftigt, diesen Aufstand abzuwehren. Manchmal fühlte er sich wie in einem Gefängnis, an dem er selbst mitgebaut hatte. Er wuchtete einen Stein auf die Südmauer der Burg und zerschlug damit seine Gedanken. Eyerpeck stand hinter ihm.
«Befehlt den Leuten, schneller zu arbeiten!»
«Wir tun, was wir können», antwortete Dienstl.
«Ich bin hier, um ein reibungsloses Eintreiben des geforderten Briefgeldes zu gewährleisten, und nun sehe ich mich einem Aufruhr gegenüber, einem eitrigen und stinkenden Geschwür, das auszumerzen ist, bevor es weiter wuchern kann.» Eyerpeck musste immerzu blinzeln, ein paar Sonnenstrahlen kamen hinter den Wolken hervor und trafen ausgerechnet ihn, so als wollten sie ihn verfolgen. «Auf einen groben Klotz gehört ein grober Keil», sagte er noch, rieb sich die geröteten Augen und ging. Dabei fiel ihm auf, dass er soeben Wörter verwendete, die sein verhasster Vater immer zu ihm gesagt hatte, bevor er ihn schlug.

Von den Holzdächern herunter hörte man ein regelmäßiges Hämmern. Dienstl hatte aus seiner Gerberei in Sankt Johann die restlichen Tierhäute holen lassen, die nun auf die Holzdächer gespannt wurden. Mit Wasser befeuchtet sollten sie verhindern, dass die Dächer von den Angreifern in Brand gesteckt würden. Davon hatte ihm sein Vater einmal erzählt. Er dachte nun oft an seinen Vater, der nach langem Leiden unter entsetzlichen Schmerzen an einer Erkrankung des Unterleibs starb und vor seinem Tod ausschließlich von seiner Zeit als

Soldat erzählte, so als hätte er in seinem Leben sonst nichts erlebt.

Als Hans Daucher und Elisabeth Feiersinger über die Wiese gingen, konnten sie die Feuchtigkeit des Bodens, die der Herbst vorausschickte, bereits ein wenig spüren. Das Gras war noch trocken und jetzt, Anfang September, schon etwas feiner und moosiger als noch vor einigen Wochen. In ihren Gesichtern spürten sie die frei herumschwirrenden, langen Fäden der Spinnweben und sahen sie deutlich in der untergehenden Sonne. Vor ihnen stand ein einzelner Baum mitten auf der Wiese. Unter der Erde, so sagt man, gibt es Wasseradern und Kraftfelder, die an der Oberfläche Besonderheiten der Natur hervorbringen, wie seltsame Felsformationen, Verwerfungen des Bodens, einzeln stehende Bäume mit sonderbaren Verwachsungen. Dieser Baum war so einer, sein Stamm sah aus, als wäre er aus vielen kleineren Stämmen zusammengesetzt, die gebündelt in die Höhe ragten, stets gefangen in der gemeinsamen Rinde. Und doch schien es, als ob jeder einzelne dieser miteinander verwachsenen Teile des Stammes für sich nach oben wollte, um ein Ast zu werden, ein Zweig, dessen Blätter Luft und Licht sammelten, das sie zurück in den Stamm schickten.

Sie legten sich unter die Äste des Baumes, schauten einander lange an, bis ihre Körper zueinander fanden und das Gefühl des einen das Gefühl des anderen nach und nach verschlang. Elisabeth Feiersinger hörte das alte Lied von den erfüllbaren Wünschen, und Hans Daucher entdeckte zum ersten Mal in seinem Leben die untere Seite der Blätter, die von der Sehnsucht ihrer schützenden Oberseite erzählten. Hans und Elisabeth befanden sich schließlich auf einem anderen Stern und sahen auf die Erde hinunter, auf jenen Fleck im Gebirge, wo unter den Blättern eines Baumes zwei Liebende im Gras lagen und zu den schwarzen Blättern hinaufblickten, über denen ein Stern schien, der geduldig darauf wartete, auch die untere Seite dieser Blätter zu Gesicht zu bekommen. Dann aber wird der Herbstwind die Blätter von den Zweigen geweht und auf dem Boden verstreut haben, dann werden ihre Oberseite und ihre Unterseite in dieselbe Farbe der neuen Zeit verwandelt sein.

Hans und Elisabeth kamen schon in der Morgendämmerung zum Heustadel mit dem angenagelten Totenbrett. An einigen Stellen hatte es durch die Witterung bereits Risse bekommen, und langsam wurde es grau. Ungefähr fünfzig Leute hatten sich um den Heustadel versammelt. Mit der Zeit kamen immer mehr hinzu. Hans ging von einem zum anderen, die meisten Männer waren allein gekommen, einige mit ihren Söhnen, manche sogar mit ihren Frauen. Alte Bekannte waren darunter, Rudolf Trauner, der Grabenbauer, der Gfuchste und sogar der Einödbauer, der beim Kampf am Pass Lueg nicht dabei war. Hans erinnerte sich, dass er einmal seine Tochter Vroni hätte heiraten sollen, wäre es nach dem Wunsch seines Vaters gegangen. «Was macht die Vroni?», fragte er ihn.
«Tot ist sie», antwortete der Einödbauer, «vom Heuwagen runtergefallen und unter die Räder gekommen.» Hans wusste nicht, was er jetzt sagen sollte. Da kam glücklicherweise gerade Mausrieml auf ihn zu, um zu berichten, dass sich einige aus der Sankt Johanner Gegend dem Aufstand nicht mehr anschließen wollten, weil sie immer noch glaubten, dass sich Ulrich Dienstl als einer von ihnen für ihre Sache einsetzen würde und sie durch einen weiteren Kampf mehr verlieren als gewinnen könnten.

Bis kurz nach Sonnenaufgang kamen etwa vierhundert Leute, die zu einem neuerlichen Aufstand bereit waren, genug, um Goldegg zu belagern und einzunehmen, aber zu wenige, um gleichzeitig den Pass Lueg zu besetzen und die Verkehrswege abzuriegeln. Sie beschlossen, nach Goldegg zu ziehen, die Burg zu belagern und mit ihrem Geschütz so lange auf eine schwache Stelle in der Mauer zu schießen, bis es genügend Platz gab, um durch die entstandene Lücke ins Innere der Burg zu stürmen. Dank des schweren Geschützes und ihrer großen zahlenmäßigen Überlegenheit rechneten sie mit einer schnellen Einnahme der Burg. Dieser Sieg würde auch den Rest der Bevölkerung des Pongaus zum Aufstand und zu einer neuerlichen Besetzung des Pass Lueg bewegen, noch bevor der Erzbischof Soldaten ins Gebirge schicken könnte.

«Geh nach Hause», sagte Hans zu Elisabeth. Durch einen einzigen Blick gab sie ihm zu verstehen, dass sie auf jeden Fall bleiben würde. «Sturschädel», sagte Hans und rief: «Auf nach Goldegg!»

25

Ulrich Dienstl sah vom Südturm aus, wie sich in einigem Abstand immer mehr Aufständische rund um die Burg versammelten. Hinter ihm stand Gottlieb Eyerpeck. «Ich hoffe, Ihr habt alles gut vorbereitet.» Eyerpeck machte mit der rechten Hand ein Zeichen des Halsabschneidens. Eyerpeck war schon seit Tagen erkältet, rotgefleckt im Gesicht und leicht aufgedunsen.
«Soweit das in der kurzen Zeit überhaupt möglich war», sagte Dienstl und beobachtete, wie sich der Ring der Belagerer immer enger schloss. Er konnte nicht erkennen, wie viele es waren. «Wir müssen Zeit gewinnen, bevor Verstärkung kommt.»
«Verhandeln», näselte Eyerpeck. Dienstl gefiel diese Idee, weniger jedoch gefiel ihm, zu seinen ehemaligen Weggefährten hinzugehen. Er schämte sich fast, doch dann besann er sich darauf, dass er der Pfleger war und hier das Sagen hatte. Als Herr in diesem Land würde er seinen alten Freunden stark gegenüber treten. Es musste ja keiner merken, dass er Handlanger dieses Eyerpeck war, der wiederum nur das tat, was der Landesfürst von ihm verlangte.
«Ich werde die Anführer von diesem Gesindel für morgen zu Verhandlungen einladen», sagte Eyerpeck. Wenig später ging ein Mann mit einer weißen Fahne vor das Burgtor und verschwand hinter den Bäumen.

Ulrich Dienstl und Hans Daucher standen sich lange gegenüber. Keiner wollte den Blick vom anderen abwenden, um sich keine Schwäche anmerken zu lassen, jeder von beiden schwankte zwischen Hass und Sehnsucht nach den alten Zeiten, als sie noch gemeinsame Feinde und gemeinsame Ziele hatten. Dazwischen tauchte wohl immer wieder das Bild von Elisabeth auf. Wer weiß, vielleicht hätte mit der Zeit das Gefühl der Gemeinsamkeit den Weg vom einen zum anderen gefunden, doch in dem Augenblick, als Eyerpeck die Stille durchbrach, stand gerade der Hass zwischen ihnen.

«Der fürsterzbischöfliche Pfleger von Goldegg hat euch ein Angebot zu machen», krähte Eyerpeck, und erst jetzt bemerkten einige der anwesenden Verhandler, dass hinter Dienstl jemand stand, der seinen Hals in die Höhe reckte und bei jedem unvermuteten Geräusch den Kopf zwischen die Schultern zog.

Dienstl räusperte sich mehrmals und begann: «Ich befolge nur die Anweisungen unseres Landesherrn. Die Erhöhung der Weihsteuer ist schließlich abgeschafft.»

«Und was ist mit dem verdammten Briefgeld?», fragte Rudolf Trauner.

«Ich hab mit euch gekämpft, nun wollen wir gemeinsam und friedlich die neuen Schwierigkeiten lösen. Dafür werde ich sorgen, dafür bin ich nach Goldegg gekommen, als euer Pfleger.» Als sich daraufhin Schweigen verbreitete, fühlte sich Dienstl als Teil dieser Menschen, denen er helfen wollte, so gut es möglich war. Was ihm zwischen den Mauern der Burg bisher noch nicht gelungen war, gelang ihm plötzlich jetzt, in ihrer Gegenwart. Er war zum ersten Mal seit seiner Ankunft in Goldegg ganz ohne Angst.

«Und was ist mit meinen Löchern in den Händen», rief plötzlich der Haslingbauer von hinten, löste sich aus der Menge der Aufständischen und ging langsam auf Dienstl und Eyerpeck zu. Er wollte nichts anderes als Ulrich Dienstl seine Wunden zeigen und ihn fragen, warum das alles so gekommen war. Eyerpeck wurde nervös und fuhr voll Aufregung und Abscheu vor diesen zerlumpten, schmutzigen Menschen, die sogar die Frechheit hatten,

sich zu nähern, mit den Armen in der Luft herum. Neben ihm saß ein Landsknecht, einer von denen, die Eyerpeck aus Salzburg mitgebracht hatte, auf seinem Pferd, als Geleitschutz für die Verhandler aus der Burg. Wegen Eyerpecks ruckartiger Bewegungen scheute das Pferd und bäumte sich auf. Mehr unbedacht als bewusst griff der Landsknecht nach der Armbrust, die am Sattel hing, und sah nichts anderes mehr als den Haslingbauern, wie er behäbig auf Dienstl, der ihn ruhig erwartete, zukam. Er legte die Armbrust an und schoss den Pfeil mitten in die Brust des Haslingbauern. Ein Schrei ging durch die hinten stehenden Aufständischen, die sich nun in ihrer ganzen Masse, erst langsam, dann immer schneller, zu Dienstl, Eyerpeck und den anderen hin bewegten.
«Ich habe damit nichts zu tun!», schrie Dienstl und flüchtete gemeinsam mit Eyerpeck und den Landsknechten hinter das Burgtor. Die Aufständischen nahmen den Haslingbauern und trugen ihn in den Wald, wo er kurz darauf verblutete. Sie luden ihn auf ein Pferdefuhrwerk und brachten ihn zu seinem Hof. Die Haslingbäuerin schlug ihre Hände über dem Kopf zusammen, jammerte ununterbrochen von «so einem Unglück» und seufzte erleichtert, die Last ihres unnütz gewordenen Mannes los geworden zu sein. Die Kinder standen da und weinten.

Nun begannen die Aufständischen mit den Vorbereitungen des Angriffs auf die Burg und machten sich mit den Waffen aus Fröschlmosers Wagen vertraut. Am Nachmittag brachten sie ihr Geschütz in Stellung. Drei Männer waren notwendig, um dieses schwere Ding zu bewegen. Sie suchten eine schwache Stelle an der Südseite der Burg und begannen, Steinkugeln auf die

Mauer zu schießen, um eine Bresche hineinzuschlagen. Die mit eisernen Ringen zusammengehaltene Kanone aus Lärchenholz war mit einem Zündloch versehen, durch das man das im Rohr befindliche Pulver entzündete und die Steinkugel aus dem Rohr schoss. Der Polhammer Schorsch, ein Tagwerker aus Schwarzach, der sich auf das Verrichten aller möglichen Arbeiten verstand, machte sich mit dieser Technik vertraut und war fasziniert von der Waffe, die er „die fette Maria" nannte, in Erinnerung an seine zu Hause gebliebene Frau. Er war jedes Mal überglücklich, wenn seine „fette Maria" einen Schuss abgab und rechnete sich aus, dass bei fortschreitendem Beschuss die Mauer bald einstürzen müsste. Nach dem fünften Schuss jedoch explodierte die „fette Maria" und zerfiel in mehrere Teile. Nun stand er regungslos vor den Resten der Kanone und machte sich die größten Vorwürfe.
«Wegen dem Glump brauchst dir nichts denken», hörte er eine Stimme hinter sich. Er drehte sich um und sah ein Pferdefuhrwerk, auf dem ein Mann und eine Frau saßen. Er kannte die beiden nicht, doch schien ihm, sie schon einmal irgendwo gesehen zu haben. Der Mann lächelte und sagte: «Woher hast du denn die uralte Kanone?»
«Sei froh, dass du nicht selber damit in die Luft geflogen bist», sagte die Frau. Nun kamen, vom Lärm der Explosion aufgeschreckt, andere herbei, allen voran Hans Daucher. Der Mann und die Frau stiegen vom Wagen.
«Leonhard!», rief Hans, «Agnes!»
Pfeiffenberger warf seinen Hut in die Höhe, dann umarmte er Hans Daucher, der vor lauter Überraschung kein Wort hervorbrachte. «Woher hast denn das alte Trumm?», sagte Pfeiffenberger mit einem Blick auf die zerstörte Kanone.

«Das hat uns einer aus der Stadt angedreht. Wenigstens hat es nichts gekostet.»
«Ganz umsonst gibt keiner seine Waffen her. Da muss irgendwas dahinterstecken», mischte sich Agnes ein.
«Du immer mit deinem Misstrauen», sagte Pfeiffenberger.
Nun begann Hans Daucher zu erzählen, was seit ihrer Abreise alles passiert war. Er sprach von dem Briefgeld, vom neuen Pfleger, von der Belagerung Goldeggs, vom Haslingbauern und seiner Kreuzigung an der Stalltür.
«Und du glaubst, der Dienstl steckt da dahinter?», fragte Pfeiffenberger.
«Alle glauben das.»
«Kann ich mir eigentlich nicht vorstellen. Hast mit dem Dienstl schon darüber geredet?»
«Wollt ich ja, aber heute in der Früh haben sie den Haslingbauern einfach abgeschossen. Jetzt ist keiner mehr da, der reden will. Die wollen alle da hinein.» Er deutete zur Burg. «Das Tor werden wir einrammen. Wenn wir die Burg haben, geht der Aufstand erst so richtig los, schätze ich.»
«Schätze ich auch», sagte Pfeiffenberger, «aber den Pass Lueg hättet ihr wieder besetzen sollen.»
«Machen wir später, wenn wir mehr sind.»
Pfeiffenberger hoffte sehr, dass sich Daucher nicht verrechnet hatte und den Pass Lueg besetzen würde, bevor der Erzbischof Soldaten schicken könnte.
Hans wollte anfangen, von Elisabeth zu erzählen, doch Elisabeth stand plötzlich neben ihm und blickte ihn an.
«Brauchst mir gar nichts sagen, ich kenn mich aus», schmunzelte Pfeiffenberger.
Agnes, die sich für alles genau interessierte, was zwischen Männern und Frauen vor sich geht, setzte sich mit Elisabeth ins Gras, redete auf sie ein, ließ sie fast nicht zu Wort kommen und erfuhr doch alles, was sie wissen wollte.

«Ich hab geglaubt, ihr wollt nach Süden?», fragte Hans.
«Wir waren auf dem Weg nach Kärnten, aber dort ist anscheinend der Teufel los, alle haben Angst vor den Türken. Wir sind wieder umgedreht. Die Agnes hat immer gesagt, wenn die Türken kommen, werden die Männer erschlagen und die Frauen als Sklavinnen in die Türkei geschickt.»
«Die Agnes!», lachte Hans. «Die hat doch mit ihrem Mundwerk noch jeden fertig gemacht, die wird sich vor ein paar dahergelaufenen Türken nicht fürchten.»
Hans hat Recht, dachte Pfeiffenberger, denn Agnes fürchtet sich nur davor, dass man ihren Leonhard Pfeiffenberger erschlagen könnte. Denn sie möchte einmal vor ihm sterben, das hat sie ihm immer wieder gesagt.
«Unterwegs haben wir bei deiner Mutter in Sankt Veit vorbeigeschaut. Sie hat gemeint, du bist schnell nach Goldegg hinüber und zum Essen wieder daheim. Ja, und da sind wir jetzt», sagte Pfeiffenberger. Hans Daucher sah ihn zufrieden an: «Du weißt halt immer ganz genau, wann ich dich brauche.»
«Dafür bin ich auf der Welt», lachte Pfeiffenberger, ging zu seinem Wagen, holte aus dem unerschöpflichen Warenangebot der Frau Agnes, Geschäftsreisende aus Augsburg, ein Stück Papier und einen Kohlestift hervor und zeichnete darauf den Plan eines Rammbocks. Der Plan zeigte ein viereckiges Fahrgestell, auf dem einige Balken als Gerüst nach oben ragten und ein Schrägdach trugen. Darunter war ein Baumstamm aufgehängt, den man durch Schaukeln in Bewegung bringen konnte, um damit das Tor zu rammen. Hans Daucher sah sich die Zeichnung interessiert an, die Sache mit dem Schutzdach gefiel ihm besonders.

Am Abend, als es ruhiger wurde, lagen Pfeiffenberger und Agnes im Wagen, der ihr gemeinsames Heim geworden war. «Die Elisabeth hat es auch nicht leicht», seufzte Agnes.
«Keiner hat es leicht», sagte Pfeiffenberger. Gleichzeitig fiel ihm ein, was für einen Unsinn er soeben gesagt hatte. Wie leicht haben es doch die, denen von Geburt an alles in den Schoß fällt, nur weil sie in Reichtum und Sicherheit auf die Welt gekommen sind. Pfeiffenberger gehörte zu denen, die es nicht leicht hatten im Leben, er wusste, dass man auch ihn um sein Leben betrogen hatte, dass man ihm seine Jahre gestohlen hatte. Nun wünschte er sich, durch diesen einen Sommer im Gebirge einen Teil seines gestohlenen Lebens zurück zu bekommen. Deshalb war es gut, gerade jetzt in Goldegg zu sein und den Sommer zu verteidigen.

26

Der Herzog von Niederbayern-Landshut, der auf Kosten des Erzbischofs in Freisaal wohnte, reiste ab. Er war beleidigt, weil nicht ein bayrisches Heer, sondern das österreichische zu Hilfe gerufen wurde. «Da opfert man seine Zeit für mühevolle Verhandlungen, stellt seinen Rat unentgeltlich zur Verfügung, und was ist der Dank? Diese Kirchenfürsten sind alle gleich, undankbar und hinterlistig.» Burkhard von Weißpriach war froh, den teuren Gast endlich los geworden zu sein.
Sechshundert Landsknechte des Erzherzogs, die sich in der Nähe des Attersees versammelt hatten, bekamen den Befehl, über Mondsee in das Erzbistum Salzburg zu marschieren und östlich vorbei an der Stadt Salzburg, entlang der Salzach über den Pass Lueg ins Gebirge zu ziehen, um dort für Ordnung zu sorgen. Virgil Fröschlmoser wunderte sich, dass der Pass Lueg von den Aufständischen diesmal nicht besetzt worden war und musste erkennen, dass sich seine Ausnahmegenehmigung über den Pass als Fehlschlag erwies, er einen seiner Gedankenschritte falsch berechnet hatte. Da gelang es ihm, die Gedanken von Herzögen, Erzbischöfen und Geschäftemachern vorauszuberechnen, und bei diesen einfältigen Gebirglern versagte er. Das ärgerte ihn. Und doch hatte die Sache einen großen Vorteil, er musste nicht wie schon beim letzten Mal dem erpresserischen Druck des Erzbischofs nachgeben.
In Hallein stieg er vom Pferd und ging durch das Tor in die Saline. Ohne viel zu reden, hielt er dem Verwalter seine vom Erzbischof ausgestellte Erlaubnis zum Salzhandel hin. Der Salinenverwalter staunte, einen Neuen im Salzgeschäft zu sehen. Und dieser Neue war absolut neu, denn so ein Gesicht hätte er sich gewiss gemerkt.

Zehn Pferdefuhrwerke wurden beladen, um das Salz von Hallein in Richtung Süden über den Pass Lueg nach Kärnten und in die Steiermark zu liefern. Nach Norden erfolgte der Salztransport die Salzach flussabwärts, es wäre zu teuer gewesen, hier den Landweg zu nehmen. Der Transport auf der Straße war für Fröschlmoser ein Anfang, ein hervorragender Anfang für einen Fuhrunternehmer seiner Größe, denn bald schon würde er Salzschiffe bauen lassen, das Salz auf dem Wasser transportieren und nach und nach die Flüsse erobern.
Der Salinenverwalter wunderte sich über die Geschwindigkeit, mit der das Salz aufgeladen wurde. Schnelles Handeln war für Fröschlmoser wichtig, seine Arbeiter waren gut und fleißig, sie wurden von ihm auch ein wenig besser bezahlt als anderswo.
Fröschlmoser begleitete den Wagenzug bis kurz nach Hallein, dort ließ er seine Leute allein weiterziehen. «Irgendwie», sagte er sich, «fügt sich doch alles immer so zusammen, wie ich es will. Man muss es nur wollen.» Gerade mit dem Wollen hatte Fröschlmoser in seinem Leben keine Schwierigkeiten, von seinen Entstellungen am Körper und im Gesicht abgesehen. Doch Schönheit hatte er ohnehin nie gewollt.

Barbara Seitinger, die Frau des Flickschusters Cyriak Seitinger aus Stegenwald, einer unbedeutenden Ansammlung von Hütten zwischen Werfen und dem Pass Lueg, wollte nicht mehr leben. Ihr zweijähriger Sohn Josef saß wie immer in der Hütte auf dem Lehmboden in einer kleinen Grube. Über der Feuerstelle in der Mitte des Raumes war auf einem Gestell ein Wasserkessel aus Ton aufgehängt. Der Henkel des Kessels brach ab, das siedende Wasser floss über das Kind. Es schrie, doch der im selben Raum an einem zerrissenen Schuh arbeitende

Vater konnte es nicht hören. Denn er war taub. Als die Mutter nach Hause kam, fand sie ein verbranntes, totes Kind.

Ihr anderes Kind, die Magdalena, litt seit vielen Jahren an schrecklichen Anfällen. Dabei verkrampfte sich ihr ganzer Körper, sie stammelte und hatte manchmal sogar Schaum vor dem Mund. Die Mutter versuchte alles, um ihrer Tochter zu helfen, sie betete täglich zum Heiligen Vitus und rutschte sogar einmal auf den Knien zu ihm, über die Stufen in die Kirche von Sankt Veit. Es wurde jedoch immer schlimmer mit ihrer Tochter. Als die Mutter davon hörte, dass man solche Anfälle durch das Blut von Hingerichteten behandeln konnte, schlich sie sich einmal in der Nacht nach der Enthauptung eines Mörders in Werfen zum Richtstock und kratzte dort dessen Blut zusammen. Sie gab es ihrer kranken Tochter zu schlecken und glaubte kurz, eine Besserung ihres Zustandes zu bemerken, da die Anfälle seltener wurden. Vor zwei Wochen war Magdalena an sich selbst erstickt. Barbaras Mann Cyriak Seitinger saß wie immer stumm über seinen Schuhen. Da er schon seit Jahren taub war, hatte er auch das Reden verlernt. Er hustete immer öfter. Er konnte seinen Husten nicht hören, spürte aber, dass er stärker wurde, denn es zerriss ihm seit einiger Zeit fast jedes Mal die Lunge. Manchmal tropfte ihm Schleim aus dem Mund, manchmal mischte sich dünnes, hellrotes Blut dazu.

Barbara Seitinger ging aus der Hütte und blickte zu den Felszacken des Tennengebirges hinauf. Irgendwo da oben wollte sie in den Himmel schauen und über die Felsen ins Tal hinunterspringen, um ihre Leiden zu beenden. Oben in den Felsen gab es eine Höhle, ein tiefes Loch im Berg, in das noch kein Mensch je hineingestiegen war. Manchmal aber, wenn jemand verschwand und nie wie-

der gefunden wurde, sagte man, der Teufel hätte ihn geholt und in dieses Loch mitgenommen. Diesem Teufel, der dort oben wohnte und der ihr das Leben zur Hölle gemacht hatte, wollte sie nun für immer davonspringen. Sie ging in den Wald, kam zu den Felsen, stieg hinauf, blieb an einem Felsvorsprung stehen, betete zu ihrem unsichtbaren Gott, sah ihr Tal, aus dem sie ein Leben lang nicht hinausgekommen war, unter sich liegen und sprang nicht. Sie stieg den steilen Weg wieder hinab, rannte durch den Wald, kam außer Atem unten an und schrie in einem fort: «Soldaten! Viele, viele Soldaten!»
Barbara Seitinger hatte vom Felsen oben gesehen, wie sich ein Zug von Soldaten, Pferden und Wagen vom Pass Lueg herunter die Salzach entlang flussaufwärts auf die paar Hütten von Stegenwald zu bewegte, die erste Ansiedlung im Gebirge hinter dem Pass.
Die Leute verriegelten, so gut sie konnten, ihre Hütten und versteckten sich im Wald. Sie alle hofften, dass das ankommende Heer schnell wieder weiterziehen würde, ohne Schaden anzurichten. Auch Barbara Seitinger wollte mit ihrem Mann davonlaufen, er aber lag auf der Bank und konnte nicht aufstehen, so sehr hatten ihn die letzten Hustenanfälle geschwächt. Seine Frau wollte ihn wegzerren, doch es gelang ihr nicht. Er blieb liegen. So kniete sie sich neben ihn auf den Boden und wartete. Das Getrappel der Pferde und das Stampfen der Stiefel kamen näher, sie hörte das Klirren von Metall und den Lärm von gezogenen Wagen. Dazwischen mischten sich die Stimmen der Soldaten. Nur ruhig sein, dachte sie, dann geht vielleicht alles vorüber. Sie betete lautlos zu ihrem Gott und bat ihn um Verzeihung, weil sie noch kurz zuvor nicht mehr leben wollte. Sie würde ihr Leben bis zum Ende ertragen, flüsterte sie, bis zu dem Ende, das Gott ihr schicken wollte. Der Lärm von draußen wurde

lauter, nun konnte Barbara Seitinger sogar einige Wörter vernehmen. Ihr Mann bäumte sich kurz auf seinem Lager auf. Er hustete, so wie er noch nie in seinem Leben gehustet hatte. Die ganze Hütte erzitterte von seinem Husten.
Die Tür wurde aufgerissen. Barbara Seitinger sah einen Mann aus Eisen. Seine rechte Hand griff nach dem Schwert, mit dem linken Arm hielt er ihr seinen Schild entgegen. Sie sprang auf und hob schützend ihre Hände vor sich, als sein Schwerthieb knapp an ihrem Ohr vorbeisauste. Sie schrie, der Mann fluchte, holte noch einmal aus, traf die Stirn und spaltete ihren Schädel. Ihr Blut spritzte auf den roten Schild, auf dem ein weißer Drachenkopf aus einer goldenen Krone emporstieg. Der Mann steckte sein Schwert in die Scheide zurück und ging hinaus auf die Straße, die nun voll war mit vorüberziehenden Soldaten. Er stieg auf sein Pferd und ritt weiter. Barbara Seitingers Mann hatte von all dem nichts bemerkt, er lag da und hustete sich in eine andere Welt.

27

Bodo von Schernberg war als Kenner der Gegend vom Oberbefehlshaber der beiden österreichischen Heere aufgefordert worden, ihn und seine Soldaten ins Gebirge zu begleiten. Er kochte vor Wut, als er endlich den Pass Lueg hinter sich hatte. Sie haben ihm sein Schloss niedergebrannt, sein Land gestohlen, seinen Besitz und sein rechtes Auge. Dafür sollte jeder einzelne von ihnen büßen. Das schwor sich Bodo von Schernberg. Die erste, die seine Rache zu spüren bekam, war zufälligerweise Barbara Seitinger in Stegenwald. Schernberg ärgerte sich, dass er die Frau nicht gleich mit dem ersten Schwerthieb getroffen hatte, doch so ging es ihm oft. Auf Grund seiner Einäugigkeit konnte er die Bewegungen im Bereich des Abstandes zwischen Körper und Schwertspitze als Verlängerung seines Armes nur versetzt durchführen. Wenn er nach etwas griff oder nach etwas schlug, landete er mit seiner Hand, mit seinem Arm immer etwas zu weit rechts. Er musste also seine Bewegungen etwas weiter links als gewöhnlich ansetzen, um ins Ziel zu kommen, sich eine neue Sichtweise angewöhnen, um seine Mitte zu finden. Es machte ihm nichts aus, nach einem Becher Wein zweimal zu greifen, weil er ihn beim ersten Mal verfehlte. Seine Tischgenossen sagten dann oft: «Bei den Weibern tust du dir leichter, die haben zwei Busen, damit du einen erwischst.» Schernberg lachte mit den anderen mit, nahm den Becher, setzte ihn an seinen Mund und leerte den Wein absichtlich rechts vom Mund vorbei hinter die Schulter. Bei Tisch war ihm seine verminderte Sehfähigkeit gleichgültig, im Schwertkampf jedoch war die Verzerrung der Achse von Auge zu Schwertspitze fatal, er schlug immer wieder daneben und konnte sich

in Zweikämpfen auf seine frühere Sicherheit in der Führung des Schwertes nicht mehr verlassen. Langsam gewöhnte sich das linke Auge daran, die Funktion des fehlenden rechten mit zu übernehmen, doch die Abstimmung der sofortigen Wahrnehmung und schnellen Reaktion wollte noch nicht immer gelingen.
Mit sechshundert Männern, die ihm zur Seite standen, ritt er in Sankt Johann ein. Am liebsten hätte er mit den Einwohnern kurzen Prozess gemacht, doch der Befehl des Erzbischofs lautete, den Eingeschlossenen in der Goldegger Burg zu Hilfe zu eilen, die aufständischen Belagerer zu vertreiben und ihre Führer gefangen zu nehmen. Die Bevölkerung jedoch sollte verschont werden, da der Erzbischof dringend Leute brauchte, die für ihn arbeiteten und Steuern bezahlten.
Schernbergs Gefühlsausbruch in der Hütte des Stegenwalder Flickschusters wurde vom Oberbefehlshaber des Heeres ausnahmsweise als Zurechtweisung widerständischer Gebirgsbewohner abgetan. Er forderte jedoch Schernberg auf, weitere Zwischenfälle zu vermeiden.

Die Burg Goldegg wurde schon seit acht Tagen belagert. Den Aufständischen war es noch nicht gelungen, das Burgtor zu rammen, sie hatten es zwar zum Großteil schon zertrümmert, der hinter dem Tor aufgeschüttete große Steinhaufen jedoch machte ein Eindringen unmöglich. Die Angreifer wurden immer wieder zurückgedrängt. Beim Kampf um das Burgtor gab es die größten Verluste. Die Verluste der Eingeschlossenen waren gering. Die nassen Tierhäute auf den Dächern der Burg erwiesen sich als hilfreich. Die Mauern der Burg mit Leitern zu erstürmen, war unmöglich, denn die Bauern hatten keine Erfahrung im Nahkampf. Dabei stellten sich Fröschlmosers Waffen als völlig unbrauchbar heraus, die

Schwerter zerbrachen bald, die Armbrüste ebenfalls, und die Musketen explodierten schon nach wenigen Schüssen. Die Schützen zogen sich bisweilen schwere Verletzungen im Gesicht und an den Händen zu, was zur Folge hatte, dass keiner mehr diese Musketen anrühren wollte.

Eyerpeck verbrachte die meiste Zeit oben in einem der Türme und wartete. Eines Morgens lief er ganz aufgeregt die Treppe hinunter und schrie, dass sich seine Stimme mehrmals überschlug: «Sie kommen!» Die Belagerten begannen zu jubeln, während sich bei den überraschten Aufständischen Panik und Verzweiflung verbreiteten.

Sie hatten zwar gehört, dass Verstärkung unterwegs war, doch gehofft, bis zu ihrem Eintreffen die Burg erobert zu haben. Außerdem waren sie der Meinung, dass es dem Erzbischof nicht gelingen würde, so schnell Soldaten, noch dazu so viele, ins Gebirge zu schicken. Nun sahen sie sich einer bestens organisierten Übermacht von Berufssoldaten gegenüber, gegen die sie unterliegen mussten. Elisabeth Feiersinger hielt sich gerade im Wald auf und sammelte Holz für das Feuer. Als sie den einsetzenden Lärm hörte, kletterte sie auf einen Baum und sah den ungleichen Kampf, das Morden und Sterben, das Blut und den Schmerz. Diejenigen Aufständischen, die sich noch irgendwie bewegen konnten, flüchteten in die Wälder. Viele waren es nicht. Andere ergaben sich und wurden von den Soldaten zu einem Haufen zusammengetrieben. Andere blieben liegen.

Sie sah auch, dass Pfeiffenberger zwischen Hans und Agnes in einem flachen Graben in der Nähe des Waldes etwas abseits des großen Kampfes lag. Sie warteten dort auf einen günstigen Zeitpunkt, ebenfalls in den Wald zu fliehen, als vor ihnen am Rand des Grabens zwei Landsknechte auftauchten und ihre Musketen gleichzeitig anlegten. Pfeiffenberger zog sein Messer aus dem Gürtel, warf es mit voller Wucht auf einen der beiden Landsknechte und traf ihn am Hals. Das Messer blieb in ihm stecken, er rutschte wie ein Sack in den Graben. Der andere schoss im selben Augenblick seine Muskete ab. Agnes schrie, eine Kugel riss ihr den Bauch auf. Hans wollte sich auf den Soldaten stürzen, rannte ihm nach und wurde dabei von einer Gruppe heranrückender Soldaten zu Boden geschlagen. Sie traten ihn mit den Füßen, schlugen ihn mit Spießen und Musketenkolben, bis er bewusstlos wurde. Dann schleppten sie ihn weg. Rund um den Graben wurde es ruhig, Pfeiffenberger konnte nun unbemerkt die verwundete Agnes in den Wald tragen. Als er sie im Dickicht der Sträucher auf das Moos legte, hörte er die verzweifelten Schreie der Verwundeten und das Siegesgeschrei der Soldaten des Erzherzogs von Österreich. Elisabeth kletterte vom Baum herunter.

«Jetzt sterb ich vor dir», sagte Agnes leise. «So hab ich es dir versprochen, und so halt ich es auch.»

«Red nicht vom Sterben.» Pfeiffenberger versuchte zu lächeln. Seine Hände waren voll von ihrem Blut. Sie stöhnte unter den Schmerzen, krümmte sich und blieb doch ruhig.

«Wir wollten einmal weit weg und immer beisammen bleiben. Jetzt muss sich jeder von uns allein auf den Weg machen.»

«Es ist alles meine Schuld, Agnes, ich hab nicht auf dich aufgepasst.»

«Hast schon aufgepasst auf mich, Leonhard, bis zuletzt aufgepasst.» Sie wurde bewusstlos.

Pfeiffenberger sieht noch einmal die beiden Soldaten, die am Rand des Grabens auftauchen und ihre Musketen im Anschlag haben. Ohne lang nachzudenken, wirft er sein Messer auf den Soldaten, der auf Hans zu zielen scheint. Er muss sich entscheiden, er hat nur einen Wurf. Agnes wird von der tödlichen Kugel getroffen, Hans lebt weiter. Im Hals des Soldaten bleibt jenes Messer stecken, mit dem Pfeiffenberger damals der Daucherin den Bauch aufgeschnitten hat, um ihrem Sohn auf die Welt zu helfen.

Er drückte Agnes an sich, er drückte sie so fest, als könnte er ihr dadurch den Schmerz aus dem Gesicht drücken. Sie wachte auf.
«Ich weiß jetzt, dass es auf der Welt auch schön sein kann. Dank dir, Leonhard. Komm mich bald besuchen.»
«Red doch nicht so saudumm daher», sagte er fast ohne Stimme. «Agnes, bleib da!» Doch Agnes hörte ihn nicht mehr.

In der Burg feierte man den Sieg bis zum Morgen. Die Verluste bei den Aufständischen waren sehr hoch, die Zahl der toten Landsknechte belief sich nach offiziellen Angaben auf dreiundfünfzig.
Einer davon war Bodo von Schernberg. Er lag aufgebahrt und blutüberströmt vor den Mauern der Burg, der Holzsplitter eines abgebrochenen Spießes steckte in seinem Gesicht. Als er im Kampfgetümmel den Grabenbauern mit einem Spieß auf sich zukommen sah, wandte er, um dem Stoß zu entgehen, den Kopf so zur Seite, dass ihn der Spieß geradewegs in seinem Auge traf. So bekam er noch einmal die Einäugigkeit seiner Perspektive zu spüren, diesmal jedoch tödlich. Man legte ihm seinen verbogenen Schild auf die Brust, der ihn wie ein Tuch zudeckte und den blutverschmierten Drachen als Sieger über Leben und Tod aus der goldenen Krone aufsteigen ließ. Seine Arme lagen gekreuzt über dem Schild, sein

rechter Mittelfinger baumelte noch lang über dem Kopf des Drachen.
Der Oberbefehlshaber des österreichischen Heeres hielt sich an die Anordnungen des Erzbischofs, die lauteten, die gefangenen Aufständischen nach Eroberung der Burg Goldegg wieder frei zu setzen und in ihre Dörfer zurück zu schicken. Doch lag es im Ermessen der Sieger, die Gefangenen vor ihrer Freilassung zu foltern und zu misshandeln. Man wollte dadurch die gefallenen Kameraden in einer Art von besonderer Trauerarbeit ehren. Die Schreie der Gefolterten drangen bis in den Wald hinein, wo sich die restlichen Aufständischen in kleinen Gruppen zusammengefunden hatten. Ulrich Dienstl erwirkte schließlich ein Ende der Folterungen. Auf einer Wiese wurden Gräber für die Toten ausgehoben. Leonhard Pfeiffenberger nahm Abschied von Agnes und legte sie in eine der Gruben.

Gottlieb Eyerpeck ritt nach Salzburg zurück, um als erster seinem Vorgesetzten von der siegreichen und endgültigen Beendigung des Aufstandes und von seiner ganz persönlichen ruhmreichen Rolle in dieser Sache zu berichten. Endlich konnte er sich von dieser Welt aus Schmutz, Blut und Gewalt zurückziehen.

«Wo ist der Hans?», fragte Elisabeth Feiersinger die Gefangenen, die endlich die Burg verlassen durften. Niemand gab ihr Antwort. Einige wollten nicht reden, einige waren nicht fähig dazu, sie spuckten Blut und stöhnten vor Schmerzen. Rudolf Trauner, dem sie beide Beine und Arme gebrochen hatten und der nun auf einem Brett von den anderen getragen werden musste, stammelte schließlich: «Den Hans haben sie behalten. Sie wollen ihn nach Salzburg bringen und hinrichten.»

Und Rudolf Trauner dachte daran, dass es auch für ihn besser wäre, hingerichtet zu werden denn als Krüppel weiterleben zu müssen. Er beschloss, fortan nichts mehr zu essen, um bald sterben zu können und niemandem zur Last zu fallen. Er, der als Bäcker sein Leben lang dafür gesorgt hatte, dass die anderen zu essen bekamen, wollte einfach verhungern.
«Der Hans hat's gut», sagte ein anderer, dem sie ein Ohr abgeschnitten hatten. «Der braucht nicht mehr leben.» Und als er das Entsetzen in Elisabeths Gesicht bemerkte, sagte er noch: «Sie haben ihm den Arm gebrochen, mehr nicht, glaub ich. Denn er soll gut ausschauen, wenn er in der Stadt zum Henker geführt wird, haben sie gesagt.»
«Damit sich von den feinen Stadtmenschen keiner vor ihm fürchten braucht», sagte Pfeiffenberger. «Und damit die Soldaten nicht als die brutalen Folterer dastehen, die sie sind.»
Elisabeth setzte sich zu Boden, nahm ihren Kopf zwischen die Knie und weinte. «Wir hätten nicht hierher kommen sollen», sagte sie schließlich, ohne aufzusehen.
Pfeiffenberger setzte sich zu ihr und legte den Arm um ihre Schulter. «Wir sind immer dort, wo Gott uns hinschickt.»
«Damit uns dieser Gott das Liebste nehmen kann, das wir haben.»
«Ich hab alles verloren.»
«Ich auch», sagte Elisabeth.
«So lang ein Mensch lebt, ist er nicht verloren.»
«Das ist kein Leben, das ist ein Warten auf den Tod!»
«Du könntest mit dem Dienstl reden», sagte Pfeiffenberger ruhig.
«Mit dem red ich nicht mehr.» Elisabeth drehte sich von ihm weg, doch Pfeiffenberger hörte nicht auf: «Ich spür,

es könnt was nützen, und mein Gespür hat mich noch nie im Stich gelassen.»
Inzwischen war es Nacht geworden. Hans hatte Pfeiffenberger immer vertraut, dachte Elisabeth. «Ich glaub dir», sagte sie und ging weg.
«Dein Hans kommt zurück», rief ihr Pfeiffenberger nach, «vertrau auf den Sommer, der kommt auch immer wieder.»

Elisabeth wusste, dass Dienstls Kammer in einer Nische der westlichen Mauer ein kleines Fenster hatte. Dort schlich sie sich hin. Das Lager der Soldaten befand sich auf der anderen Seite vor der Burg. Hier im dürren Gebüsch zwischen den Brennnesseln kam außer ein paar streunenden Hunden niemand vorbei. Aus der Fensteröffnung sah sie den Schein einer Kerze und hörte das Geräusch einer Säge. Er sägt noch immer an seinem Bett, dachte sie, wie damals, als ob sich seither nichts geändert hätte. Sie warf einen Stein durch das Fenster. Das Geräusch der Säge hörte auf, ein Schatten erschien am Fenster.
«Ulrich», flüsterte sie, «ich bin's, die Elisabeth.»
«Was willst?»
«Mit dir reden. Bitte!»
«Es gibt nichts zu reden», sagte er.
«Aber du warst doch immer ein guter Mensch, Ulrich.»
Dienstls Kopf verschwand hinter dem Fenster. Elisabeth rief noch ein paar Mal nach ihm, erst leise, dann immer lauter. Sie warf noch einen kleinen Stein in den Raum, wartete ein wenig und machte sich schließlich auf den Weg zurück. Sie hatte die Brennnesseln noch nicht ganz hinter sich gelassen, als sie plötzlich eine Gestalt neben sich spürte. Sie wollte schreien, doch eine Hand hielt ihr den Mund zu.

«Wenn das eine Falle ist, bring ich dich um», sagte Dienstl und drehte ihren Kopf zu sich hin.
Elisabeth rang nach Luft: «Bitte Ulrich, was soll ich dir denn tun?» Dienstl wirkte unendlich müde und alt, die Augen lagen tief in seinem eingefallenen Gesicht. Elisabeth erschrak, als sie ihn aus der Nähe sah. «Warum so viel Unglück?», fragte Elisabeth.
«Ihr habt das so gewollt. Ihr alle!»
«Und wer hat den Haslingbauern an die Stalltür genagelt?»
«Ich war das nicht, Elisabeth! Ich bin doch kein wildes Tier. Ich hab euch nach Schernberg und zum Pass Lueg geführt. Ich bin hier der Pfleger geworden, wollte euch helfen, doch angeschafft hat ein anderer. Und ich hab ihn alles tun lassen müssen. Elisabeth, sie wollten dich wegen Ketzerei anklagen! Dann wärst du jetzt eingesperrt oder tot. Du bist mir davon gelaufen, und doch hab ich dich beschützt, für einen anderen. So was tut ein schlechter Mensch doch nicht.»
«Ich glaub dir», sagte Elisabeth schließlich, legte ihre Hand auf sein Gesicht und strich mit den Fingern über seine Wangen, die langsam feucht wurden. Zum ersten Mal in ihrem Leben bemerkte sie Tränen im Gesicht eines Mannes. Sie hatte immer gedacht, Männer könnten nicht weinen, nur Frauen und Kinder.
Ein Mensch, der das Gespür für den Unterschied zwischen gut und böse verloren hat, wird willenlos und ist jeder Macht ausgeliefert. Ulrich Dienstl war so ein Mensch geworden, doch nun fand er einen Teil seines ursprünglichen Gespürs wieder. Damit fand er auch den Glauben an einen verlorenen Unterschied wieder.
Elisabeth setzte sich auf den Boden. Die Brennnesseln störten sie nicht. Ulrich Dienstl setzte sich neben sie. «Ich hab dich immer geliebt, Elisabeth», sagte er plötzlich.

«Lass den Hans frei», flüsterte sie vor sich hin.
«Das kann ich nicht», sagte Dienstl. «Der Hans muss bestraft werden. Das haben sie so angeordnet. Da kann ich nichts machen.»
«Versündige dich nicht noch mehr, als du es schon hast.» Elisabeth blickte Dienstl so fest ins Gesicht, dass dieser lieber zur Seite schaute. Fast unhörbar murmelte er: «Du hast den Hans genommen statt mich.»
Elisabeth schwieg lange, dann sagte sie: «Das war einmal, ich will keinen Bauernbuben, der nur das Kriegführen im Sinn hat. Ulrich, es war nicht richtig von mir, dir davonzulaufen. Bitte verzeih mir.» Sie legte ihren Kopf unter sein Kinn und spürte einen leichten Druck, der bald stärker wurde.
«Du willst nur den Hans retten», sagte Dienstl.
«Ich will uns alle drei retten. Den Tod hat der Hans nicht verdient. Das ist Mord. Und du sollst nicht sein Mörder sein.»
«Nein, den Tod hat er nicht verdient», sagte Dienstl.
Zuerst saßen sie still nebeneinander, wenig später lagen sie auf der Erde. Ulrich Dienstl dachte an Hans Daucher, wie er damals ins Wirtshaus zum Goldenen Kreuz gekommen, ein paar Tage später in das offene Grab seines Vaters gefallen war, wie er mit ihm in Schernberg gekämpft und den Erzbischof während der Verhandlungen in Salzburg zurechtgewiesen hatte. Die Dinge könnten so einfach sein. Er lag da und griff mit beiden Händen in die Luft, als ob er sich darin festhalten könnte, spürte wieder die eigene Erde und überwand den Abstand, der sich in den letzten Wochen zwischen ihm und seinem Boden aufgetan hatte. Und auch ein anderer Abstand wurde immer geringer, je mehr sich die Nacht auf einen Mann und eine Frau legte, die nach und nach darin verschwanden.

Die Flucht des Gefangenen war bedauerlich, blieb jedoch ohne Konsequenzen. So wichtig war er nicht. In den darauffolgenden Monaten rechnete Ulrich Dienstl mit dem Erzbischof über die außerordentlichen Ausgaben während der Belagerung von Goldegg ab, führte die Anordnung aus, die nun herabgesetzte Weihsteuer endlich einzutreiben und wurde schließlich ohne Angabe von Gründen von Burkhard seines Amtes als Pfleger von Goldegg enthoben. Der Erzbischof setzte seinen Bruder Balthasar an Dienstls Stelle. Die Familie geht vor, dachte Burkhard, und Balthasar, der seit einer Verwundung die ritterlichen Pflichten als Gefolgsmann Kaiser Friedrichs nur mehr beschränkt wahrnehmen konnte, musste versorgt werden.

Ulrich Dienstl ging nach Sankt Johann zurück. Er wurde fortan Nacht für Nacht von Alpträumen geplagt und starb ein Jahr später an fortschreitender Geistesschwäche. Bis zu seinem Tod sprach kein Mensch mit ihm mehr als ein Wort.

28

Die Bodenbretter in den Amtsräumen der Residenz waren durch sein Hinundherschleichen so glatt geworden, dass Gottlieb Eyerpeck sich darin spiegeln konnte. Nichts war aus seiner Bestellung zum Untermarschall geworden, geschweige denn aus der Ernennung zum Hofmarschall, wie es ihm der Erzbischof versprochen hatte. Er wurde zum Gespött der Beamten in der Residenz, weil er sich nach seiner Ankunft in der Stadt Salzburg schon wie ein neuer Hofmarschall gefühlt hatte. Er stampfte auf den Boden und erschrak vor seiner eigenen Gewalttätigkeit. Auch schien ihn der Erzbischof seit neuestem zu meiden und einen anderen, Rüdiger Rindsmaul, den Neffen des Grafen Laun, zu bevorzugen. Mit Sicherheit rechnete sich der Erzbischof dadurch gewisse Vorteile aus, die ihm Graf Laun als höchster Vertreter des Salzburger Adels beschaffen konnte, dachte Eyerpeck. Rindsmaul übernahm während Eyerpecks Abwesenheit die Führung des erzbischöflichen Privilegienregisters und hatte somit Zugang zu wichtigen Informationen, was die Namen einzelner Begünstigter, die Art der Begünstigung, die Gründe und die dazu notwendigen Gegenleistungen betraf. Eyerpeck musste den Erzbischof unverzüglich vor diesem Rindsmaul warnen, er war dumm, faul und indiskret, bald schon würden einzelne Inhalte aus dem Privilegienregister bekannt werden und für Unruhe unter den Beteiligten sorgen. Er ging vor die Tür des Arbeitszimmers, in dem er hoffte, seinen höchsten Vorgesetzten zu finden, der sich gewöhnlich um diese Nachmittagszeit kurz nach dem Mittagsschlaf hier aufhielt. Er war es gewohnt, vom Erzbischof ohne Anmeldung empfangen zu werden, da er stets nur mit äußerst dringenden Anliegen zu ihm

kam, doch dieses Mal versperrte ihm ein junger Diener den Zutritt. Der war neu in der Residenz, sonst hätte er gewusst, dass Eyerpeck zu jeder Tageszeit mit Ausnahme während der Mahlzeiten und des Mittagsschlafs Zutritt zum Erzbischof hatte.
«Ich muss mit seiner Eminenz sprechen, es ist äußerst dringend», sagte Eyerpeck.
«Seine Eminenz ist in einer wichtigen Besprechung», gab der Diener zurück.
«Ich werde hier warten.» Der Bedienstete nickte. Eyerpeck setzte sich auf einen Stuhl und schlug die Beine übereinander.

Der Erzbischof setzte den weißen Bauern schräg nach rechts, schlug damit den schwarzen Bauern aus dem Feld und sagte: «Der Bauer ist der verderbteste von allen. Er bewegt sich langsam gerade nach vorn, ohne Schaden anzurichten. Will er aber einem anderen etwas antun, muss er den geraden Weg verlassen und in eine Schräglage der Hinterlist und der Lüge einbiegen.»
Fröschlmoser brachte seinen Läufer in eine Position, die dem Erzbischof nicht gefallen konnte. Er verzog seinen Mund, starrte auf das Brett, bewegte seinen Turm und schlug damit den schwarzen Läufer. Fröschlmoser sah seinen König in Bedrängnis und setzte ihn hinter einen Bauern. Er durchschaute die Taktik des Erzbischofs und ließ ihn in dem Glauben, er würde nur daran denken, seinen König zu schützen. Doch hatte er schon seit einiger Zeit eine Strategie entwickelt, die den Erzbischof in seiner Angriffslaune für einen Gegenangriff unaufmerksam machte.
«So lange sich der König bewegen kann, gelten seine Gesetze», sagte der Erzbischof, sah seinen Turm bedroht und änderte seinen Plan.

«Welche Rolle spielt wohl das Pferd in dieser Schachbrettgesellschaft?», fragte Fröschlmoser, sprang damit über den weißen Turm und setzte es, von einem Bauern gedeckt, in die Nähe des weißen Königs.
Der Erzbischof nahm sein Pferd und schlug Fröschlmosers Turm: «Das Pferd ist der Grundherr, der mit seinen geraden Sprüngen rechtmäßig Land erwirbt und mit einem Sprung zur Seite unrechtmäßig erworbenes Gut entwenden darf. So sorgt es gemeinsam mit dem Turm für Recht und Ordnung.»
«Hochinteressant», unterbrach ihn Fröschlmoser, und der Erzbischof fuhr lächelnd fort: «Für alle Mitglieder unserer Gesellschaft gibt es einen Platz auf dieser großen Welt des kleinen Brettes, für alle, nur von Geschäftsleuten ist keine Rede.» Er liebte dieses Spiel, er fühlte sich dabei ein wenig wie Gott, der über Sein und Nichtsein der Figuren auf der Welt entschied. Sein Gegenüber kam ihm dabei stets wie der Teufel vor, der seinen göttlichen Plan mit allen Mitteln zu durchkreuzen suchte. Mit Virgil Fröschlmoser, der schon durch sein Aussehen einem Teufel glich, spielte er besonders gern, und es gab keinen in der Stadt, der dieses Spiel so beherrschte wie Fröschlmoser und trotzdem gegen den Erzbischof meistens verlor. Nach dem letzten Zug des Erzbischofs hatte Fröschlmosers Turm überraschenderweise eine erstaunliche Bewegungsfreiheit erhalten.
«Schachmatt», sagte Fröschlmoser. Der Blick des Erzbischofs fiel zuerst auf die Musketenkugel auf Fröschlmosers Ring, dann wieder auf das Brett. Fröschlmoser lehnte sich zurück und nahm diesen Sieg als Zeichen für seine geschäftlichen Erfolge der letzten Zeit. Er war drauf und dran, im Salzgeschäft große Gewinne zu erzielen und der gesamten Salzburger Gesellschaft ihre eigene geschäftliche Unfähigkeit vor Augen zu führen.

Obendrein hatte er den Erzbischof, der ihm insgesamt schon elftausend Gulden schuldete, sicher in der Hand. Der Bau der Wasserleitung zu seinem privaten Bad in der Getreidegasse war schon fast abgeschlossen. Für ihn war dieser Aufstand also durchaus willkommen, er hatte in jeder Richtung Gewinne gemacht und wurde das, was er stets in seinem Leben werden wollte: reicher als zuvor. Er hatte wieder einmal alles besser berechnet als seine Gegner, er war allen anderen schon wieder um einen Gedankenschritt voraus. Und nun schlug er den Erzbischof auch noch im Schach.

Der Erzbischof starrte noch immer auf das Brett. Er musste sich dem Teufel geschlagen geben. Da nützte auch kein Hinundherüberlegen mehr. Er ärgerte sich, Fröschlmosers Strategie nicht rechtzeitig durchschaut zu haben. Er stand auf, ging zur Kommode hinter ihm, nahm den schon zum zweiten Mal sorgfältig geleimten Holzsplitter des Heiligen Kreuzes aus der Schatulle und rieb ein wenig mit der Hand daran. Das tat er gern, wenn er einer unangenehmen Wirklichkeit entfliehen wollte oder wenn er kurz davor war, seine Fassung zu verlieren. Dabei bemerkte er mit Schrecken, dass das Holz an den geleimten Stellen und allgemein an den Rändern leicht zu zerbröseln begann. Eine Katastrophe schien sich anzubahnen. Nichts auf dieser Welt ist von Dauer, dachte er verzweifelt, nicht einmal das Allerheiligste. Dann setzte er sich wieder zu Fröschlmoser an den Tisch, hielt den Holzsplitter immer noch in der Hand, blickte knapp an Fröschlmosers Gesicht vorbei ins Leere und sagte gedankenverloren: «Ein Segen, dass wieder Ruhe im Land eingekehrt ist.»

Er wollte die letzte Partie Schach so schnell wie möglich vergessen und auch seinen Ärger über den Zerfall des Holzsplitters unterdrücken.

«Gott sei Dank, Eminenz, Gott sei Dank», sagte Fröschlmoser und fuhr dabei mit den Fingern leicht über die Kugel an seinem Ring, während der Erzbischof den Splitter des Kreuzes auf den Tisch neben die Schachfiguren legte, so als wollte er die teuflische Kraft seines Gegenübers damit auf Distanz halten.
«Man spricht ja von gar sonderbaren Vorfällen. Es soll sogar so etwas wie eine Kreuzigung gegeben haben, an einer Stalltür, sagt man.»
«Phantasien eines abergläubischen Volkes», grinste Fröschlmoser.
«Ich hoffe», sagte der Erzbischof, «er wurde durch diesen lächerlichen Aufruhr nicht zu sehr in seinen Geschäften gestört.»
«Es geht, Eminenz, es geht. Nun können wir uns wieder erfreulicheren Beschäftigungen zuwenden.» Er stand auf, küsste den Ring seines Landesherren, verbeugte sich und ging langsam hinaus. Vor der Tür sah er einen bleichen Mann, der mit übereinandergeschlagenen Beinen und eingezogenem Kopf auf einem Stuhl saß. Der Mann blickte ihm kurz ins Gesicht. Hässlich, dachte Eyerpeck, hässlich, dachte auch Fröschlmoser.
Soll sich dieser Fröschlmoser doch erfreulicheren Beschäftigungen zuwenden, dachte der Erzbischof. Soll er doch mit den ganzen Schulden, die ich bei ihm habe, zum Teufel gehen! In der nächsten Zeit wird es ohnehin völlig unmöglich sein, auch nur einen Teil davon zurückzuzahlen. Soll er doch die Silbermine in Gastein haben, soll er doch die Wasserleitung zu seinem Privatbad bauen, soll er doch im Salzgeschäft bleiben, soll ihm doch dieser Aufstand im Gebirge genützt haben!

Die Schachfiguren lagen rund um das Schachbrett, neben ihnen bröselte der Heilige Holzsplitter vor sich

hin. Der Erzbischof sah sich die Sache genauer an. Holzwürmer, fuhr es ihm wie ein Blitz durch den Kopf, miese kleine Holzwürmer! Er wollte vor Wut aufbrausen, hielt jedoch inne, dachte angestrengt nach und bekam kurz darauf beinahe den Gesichtsausdruck eines Heiligen. Dieser Aufstand im Gebirge war eigentlich auch für ihn ein Glücksfall, hatte er doch mit eiserner Hand gezeigt, wie er mit Leuten verfahren würde, die sich gegen ihn stellten. Das brachte ihm Respekt, das zeigte seine Durchsetzungsfähigkeit und könnte ihm dadurch die Möglichkeit bieten, seinen alten, oft schon geträumten Traum von einem lückenlosen Beamtenstaat zu verwirklichen. So würde es ihm endlich gelingen, mächtiger zu werden, als er es ohnehin schon war, er könnte endlich alle Entscheidungen in diesem Land ganz allein treffen, ohne sich von den Domherren, vom Grafen Laun, vom eingebildeten Bischof von Chiemsee oder von diesem verkommenen Bernhard von Rohr in seiner Machtausübung dreinreden lassen zu müssen. Er würde Gesetze erlassen, die ihn als einzigen Herrscher einsetzten, er allein würde das Recht haben, Gesetze zu verändern und außer Kraft zu setzen, er allein hätte die Kontrolle über den Staat.
Nur durch die totale Überwachung aller Personen im Land wären neuerliche Aufstände zu verhindern, nur so könnten die Mächtigen in diesem Staat ruhig schlafen. Die Beamten würden alles genau überwachen, und er allein würde über die Beamten herrschen, denn er allein hätte die Macht. Für die Bevölkerung jedoch wäre er nicht greifbar, für sie hätten die Beamten die Macht, zentral und starr organisiert, wie ein Spinnennetz, in dessen Zentrum sich allein der Erzbischof befände. Es würde ein System der Beamten geben, die jede Spur von Aufruhr oder Ungehorsam schon im Keim erstickten.

Und man würde ihn unterstützen. Um sich nicht mehr vor wildgewordenen Aufrührern zu fürchten, würde man ihn unterstützen müssen.
Der Erzbischof freute sich wie ein Kind über seine Gedanken. Er ging von einer Ecke des Raumes in die andere, immer wieder am Schachbrett vorbei, wo neben den Figuren der Splitter des Heiligen Kreuzes lag. Diese Holzwürmer, dachte er, überdauern sogar die Ewigkeit. Dabei fiel ihm Gottlieb Eyerpeck ein, an dem kein Weg vorbei führte. Eyerpeck, dachte er, Eyerpeck wird das Maß meines neuen Staates. Ich brauche nicht nur einen Eyerpeck, ich brauche viele Eyerpecks, treue, mir allein ergebene Beamte. Erst wenn das ganze Land von Eyerpecks durchsetzt sein wird, habe ich die ganze Macht, dann ist jede weitere Gefahr, woher sie auch kommen mag, gebannt. Holzwürmer, überall werden meine Holzwürmer sein, meine Beamten, Eyerpecks, die mir allein unterstehen, die nur mir gehorchen, weil ich ihnen Privilegien gebe. Das wird der Staat, von dem ich träume, das wird mein großes Werk, mein Lebenswerk!
«Eyerpeck!», rief der Erzbischof aufgeregt, « man bringe mir Eyerpeck!»
Gottlieb Eyerpeck war wie immer zufällig zur rechten Zeit am richtigen Ort. Er schlich zu seinem Vorgesetzten hinein, um ein wesentlicher Teil eines zukünftigen absoluten Beamtenstaates zu werden.

Doch sollte es nicht mehr dazu kommen, da Burkhard von Weißpriach schon vier Jahre später nach kurzer Krankheit starb. Zu seinem Nachfolger ernannte man Bernhard von Rohr, der grundlegend andere Ideen hatte und zu sehr mit sich selbst beschäftigt war, um weitgesteckte Ziele zu verfolgen. Der Traum des Burkhard von Weißpriach konnte fast siebzig Jahre später, nach einem neuerlichen Aufstand der bäuerlichen Bevölkerung im Gebirge, der in den großen Bauernkrieg führte und mit Hilfe von süddeutschen Truppen blutig niedergeschlagen wurde, von Erzbischof Matthäus Lang verwirklicht werden. Mit Matthäus Lang entstand ein Staat der totalen Verwaltung, ein Staat der Beamten und Spitzel, die ihren Vorgesetzten treu ergeben waren, ein Staat, dessen Macht fortan nichts mehr erschüttern konnte, in dem es keinerlei Aufruhr gab, auch wenn die Lebensbedingungen schlechter und schlechter wurden, ein kleiner Staat der Unterdrückung und Ignoranz, der erst zu Beginn des neunzehnten Jahrhunderts im Zuge großer gesamteuropäischer Veränderungen aufgelöst und in das größere österreichische Staatengebilde eingegliedert wurde. Darin konnte eine über die Jahrhunderte gewachsene Beamtenstruktur bis heute erfolgreich weiterblühen.

Virgil Fröschlmoser ging über den Marktplatz hinunter zur Salzach, bog zum Fischmarkt ein und spazierte die Salzach entlang. Er war mehr als zufrieden. Es war kühler geworden, er knöpfte sich den Rock bis zum Hals hinauf zu. Seit seinem Ausflug ins Gebirge vor fast einem Monat hatte er den braunen Lodenrock nicht mehr getragen. Fröschlmoser steckte seine Hände in die Taschen des Rockes und spürte etwas, das sich wie das Fell einer Ratte anfühlte. Er zog es heraus. Es war ein grauer Stofffetzen mit zwei Löchern. Fröschlmoser erinnerte sich an diese Kapuze, die er sich ebenso wie Laub und Bierbichler damals über den Kopf gestülpt hatte. Er dachte an den lästigen Zwischenfall beim Haslingbauern, der leider notwendig gewesen war, um einen neuerlichen Aufstand auszulösen. Manchmal muss man eben ein wenig nachhelfen, um den Lauf der Dinge zu beeinflussen und den Fluss der Geschäfte zu beschleunigen. Lieber war es ihm natürlich, wenn sich die Dinge von allein so bewegten, wie er es wünschte. Er war stolz auf sich, alles bis zum Schluss und ohne größere Fehler berechnet zu haben. Es war ihm gelungen, einen Fluss der Geschäfte hervorzurufen, wie er ihn schon lange nicht mehr erlebt hatte. Er nahm die Kapuze in beide Hände, fuhr mit den Fingern durch die für die Augen vorgesehenen Löcher und sah noch einmal den Haslingbauern, wie er von Laub und Bierbichler an die Wand der Stalltür genagelt wurde, während er selbst die schreiende Familie mit der Waffe bedrohte. Und er sah noch einmal die blutigen Hände des Haslingbauern, riesige Hände, die einen glatt erwürgen hätten können. In der Welt der Geschäfte muss es Opfer geben. Ohne Verlierer gibt es keine Gewinner. Er nahm die Kapuze und warf sie in den Fluss, der alles dorthin trägt, wo man sich nicht lange fragt, woher die Dinge kommen.

29

Am Morgen waren sie im Tal aufgebrochen, nun erreichten sie die Passhöhe. Leonhard Pfeiffenberger hatte den Weg über den Korntauern gewählt, weil sie hier nur wenige Menschen treffen würden und die Grenze überqueren könnten, ohne mit Fragen über das Ziel und den Grund ihrer Wanderung belästigt zu werden. Er sah zurück ins Gasteinertal, in das sie gestern gekommen waren, man hatte eine klare, weite Sicht bis zum Hochkönig. Irgendwo dazwischen lag Goldegg mit seinem bluttränkten Boden und den darin vergrabenen Wünschen. Im nächsten Frühling würde dort das neue Gras die Spuren dieses Sommers überwachsen haben.
Vor ihnen erstreckte sich die Grafschaft Görz, die Sonne schien ihnen ins Gesicht. Sie machten Rast und setzten sich auf die Steine. Pfeiffenberger hatte ihnen gesagt, dass er sie hier oben verlassen würde, um in den Lungau zurückzugehen. Dort wollte er sich einen Platz für sein restliches Leben suchen. Dort hatte es begonnen, dort sollte es auch enden. Hans hatte große Schmerzen in seinem rechten Arm, den sie ihm in Goldegg gebrochen hatten und der nun von einer Schlinge gehalten wurde. «Bis zum Heiraten wird's wieder gut», meinte Pfeiffenberger.
Hans und Elisabeth wollten nach Süden gehen, nach Venedig, an das Meer, von dem man sagt, seine Wellen sehen ähnlich aus wie die Gipfel, Grate und Kämme der Gebirge, die man von einer Bergspitze aus sehen kann. Es war ihnen gleichgültig, wohin sie schließlich kommen würden, nur weg von ihrer Heimat, in der Hans nicht bleiben konnte. Sie wollten durch ihr Zusammensein ein Stück ihrer Heimat mitnehmen. Pfeiffenberger sagte zu Hans Daucher: «Jetzt musst du selbst auf dich aufpassen.»

Dann drehte er sich um und ging. Hans und Elisabeth sahen ihm noch kurz nach und gingen in die andere Richtung. Sie verschwanden schließlich zwischen den Zirben und Fichten, ihre Spur verlor sich für immer.

Leonhard Pfeiffenberger fand seinen Platz im Lungau, er hatte ein paar Ersparnisse angesammelt und erwarb eine kleine Hütte. Er schwieg lange, und als er schließlich begann, die Geschichte jenes Sommers zu erzählen, hörte ihm keiner zu.

Literaturhinweise

Aumayr, Walter: Die Reisen der Sauschneider.
In: Salzburg Archiv Nr. 25

Baumgartner, Eduard: Der große Bauernkrieg.
Wien 1924

Bosl, Karl: Europa im Aufbruch. München 1980

Borst, Otto: Alltagsleben im Mittelalter.
Frankfurt/Main 1983

Brackert, Helmut: Bauernkrieg und Literatur.
Frankfurt/Main 1975

Dinzelbacher, Peter (Hrsg.): Sachwörterbuch der Mediävistik. Stuttgart 1992

Dopsch, Heinz: Der Lungau.
In: Salzburg Archiv Nr. 25

Dopsch, Heinz: Kleine Geschichte Salzburgs.
Stadt und Land. Salzburg 2001

Dopsch, Heinz; Spatzenegger, Hans: Geschichte Salzburgs. Stadt und Land. Salzburg 1983

Huizinga, Johan: Herbst des Mittelalters.
Stuttgart 1975

Klein, Herbert: Zur älteren Geschichte der Salinen Hallein und Reichenhall.
In: Festschrift für Herbert Klein. Salzburg 1965

Kohlbegger, Albert: Chronik von St. Johann im Pongau. St. Johann 1952

Kramml, Peter u.a. (Hrsg.):
Historischer Atlas der Stadt Salzburg. Salzburg 1999

Kühnel, Harry: Alltag im Spätmittelalter. Wien 1984

Martin, Franz: Kleine Landesgeschichte von Salzburg. Salzburg 1979

Mayrhofer, Christoph: Das Salzburger Münzwesen unter Erzbischof Sigismund I von Volkersdorf. In: Salzburg Archiv Nr. 21

Moser, Gerhard (Hrsg.): Stadtbuch St. Johann im Pongau. St. Johann 2005

Ortner, Franz: Salzburger Kirchengeschichte. Salzburg 1988

Salzburger Landesausstellung (Hrsg.), div. Autoren: Salz. Katalog zur Salzburger Landesausstellung vom 30. April bis 30. Oktober 1994

Zaisberger, Friederike: Bernhard von Rohr und Johann Beckenschlager. Im Kampf um das Erzstift. In: Salzburg Archiv Nr. 24

Artikel aus den Mitteilungen der Gesellschaft für Salzburger Landeskunde (MGSL):

Franz, Günther: Der Salzburger Bauernaufstand 1462. (1928)

Hoffmann, Robert: „Außer Gebirg" und „Inner Gebirg" – Landeshauptstadt und Gebirgsgaue in historischer Perspektive. (2000)

Klein, Herbert: Das salzburgische Söldnerheer im 14. Jahrhundert. (1926)

Klein, Herbert: Die bäuerlichen Eigenleute des Erzstifts Salzburg im späteren Mittelalter. (1933/1934)

Klein, Herbert: Neue Quellen zum Salzburger Bauernaufstand 1462/63. (1937)

Klein, Herbert: Der Streit um das Erbe der Herren von Goldegg. (1942/1943)

Klein, Herbert: Der Saumhandel über die Tauern. (1950)

Klein, Herbert: Quellenbeiträge zur Geschichte der Salzburger Bauernunruhen im 15. Jahrhundert. (1953)

Klein, Herbert; Wagner, Hans: Salzburgs Domherrn von 1300 – 1514. (1952)

Martin, Franz: Von Sammlern und Sammlungen im alten Salzburg. (1936)

Mayer, F. M.: Geschichte des Salzburger Geschützwesens. (1884)

Mayr, Karl: Geschichte der salzburgischen Zentralbehörden von der Mitte des 13. bis ans Ende des 16. Jahrhunderts. (1924)

Proschko, Alois: Die Todeskrankheiten der Erzbischöfe von Salzburg. (1946/1947)

Strnad, Alfred: Zur Kardinalserhebung Burkhards von Weißpriach. (1966)

Zeller, Gustav: Das Erzstift Salzburg, Münzrecht. (1882)

Ich bedanke mich bei allen, die mir bei der Entstehung dieses Buches geholfen haben.

Mein besonderer Dank gilt Heinz Dopsch für die historische Betreuung, Hannes Hochleitner für die Führung zu Originalschauplätzen, Gerhard Moser für die lokalgeschichtlichen Hinweise, Petra Nagenkögel, Brigitte Promberger, Herbert Endstrasser und Peter Fuschelberger für Anmerkungen zum Text, Gabriele Blaikner-Hohenwart für die Korrekturen.